AF190790

Novellsamling

Predrag Mihajlović

Förlag: BoD – Books on Demand, Stockholm, Sverige
Tryck: BoD – Books on Demand, Norderstedt, Tyskland
ISBN: 9789180076104

Novellsamling

Stella Canis
och andra noveller
(utgiven 2019)

Glömskans fantomsmärta
- långnovell
(utgiven 2020)

Apatriden
och den förvirrade hunden
- långnovell
(utgiven 2017, skriven 1995)

Stella Canis
och
andra noveller

Ingen bär ansvar

"God dag, fru Grankvist!"

Sitt välkomnande uttryckte polisinspektören med en lågmäld och medlidsam stämma. Han sträckte försiktigt handen mot kvinnan som var iklädd en svart, lång vinterjacka.

"God dag!"

Kvinnans respons var så tyst att inspektören kunde lättare läsa hälsningen från hennes bleka läppar än han kunde göra det från hennes röst.

"Varsågod och sätt er."

Han bjöd henne och hon satte sig ner innan de slutade skaka hand med varandra.

"Tack!"

Då hon tackade släppte de varandras händer.

"Mitt namn är Tristram Lind".

"Tristram?"

Kvinnan var lika tyst som när hon hälsade. Hon tittade ner mot bordet. Inspektör Lind hade svårt att avgöra om kvinnan bara neutralt upprepade hans förnamn eller om det var en reaktion på dess ovanlighet. Till slut bestämde han sig för det andra alternativet.

"Ja, faktiskt."

Han svarade nästan ursäktande och undrade om det skulle vara på sin plats att förklara hur han hade fått sitt ovanliga namn.

"Sällsynt namn."

"Ja, det är det."

Nu var hans röst något livligare när han bekräftade kvinnans kommentar. Han övervägde om det skulle bringa till ett mindre plågsamt samtal om han inledde det med ett kort bakgrund till sitt namn. Hon tittade fortfarande ner mot arbetsbordet medan han talade.

"Det händer sällsynta saker, också."

Här blev hans betoning på uttrycket sällsynta saker. Samtidigt gjorde han ett försök till ett förbehållsamt leende. Han avvaktade avsiktligt ett tag med att fortsätta yttra en mening till, för att det betonade uttrycket skulle lägga sig i kvinnans medvetande.

"Det fick jag av min mormor, efter förnamnet på huvudpersonen i en gammal engelsk roman som heter *Tristram Shandy*, av författaren Laurence Sterne."

"Tristram, det låter fint. Vad bra att din mormor valde det och att dina föräldrar accepterade hennes förslag".

"Ja, jag är min mormor och mina föräldrar väldigt tacksam för det."

"Det är alltid bra att inte förlora de varmaste känslorna och närheten till sina barn och till sina föräldrar. Och sina mor- och farföräldrar om de finns än."

Det blev tyst i rummet en stund.

Det tog nästan två minuter innan kvinnan avbröt tystnaden.

"Idag är den 26 november."

Först då lyfte hon upp huvudet och tittade på inspektören.

"Ja, året är 195- om jag får tillägga."

"Och nu har en vecka gått."

"Exakt, frun."

Han förflyttade händerna han hade på knäna till bordets kant efter att han hade bekräftat hennes ord.

Kvinnan följde hans rörelse som om hon förväntade sig att han skulle påbörja att leta efter något i sitt anteckningsblock som låg till vänster om honom.

Han gjorde inte det.

"Jag förmodar att ni har kommit fram till något."

"Ja, det har vi gjort."

Fru Grankvist andades svagt ut efter att hon hade hört önskat svar.

"Och hur dog min dotter? Blev hon mördad?"

"Hon var dödad, frun."

"Dödad?"

"Ja, man kan uttrycka det så."

"Uttrycka så?"

Inspektören kunde förnimma en svag irritation i hennes röst trots att hon hade sagt dessa två ord väldigt långsamt. Hon var ensamstående mamma vars enda dotter var död nu och han visste att han inte borde gå fram så snabbt med svaret. Att inte behöva snabbt komma fram till svaret passade honom utmärkt, han var en man som inte kunde gå rak på sak så lätt. Han var medveten om den egenskapen hos sig själv och därför hade han genom åren utvecklat en strategi som fick hans samtalspartner att själv komma till det - att själv berätta eller uttrycka det han borde göra.

"Fru, Grankvist, jag förstår att det som jag kommer att berätta för er kommer att låta minst sagt overkligt."

"Min verklighet har blivit overklig och jag har inte heller några verkliga förhoppningar nu. Det enda ni behöver göra nu är att använda ert professionella språk och berätta för mig hur min dotter dog och vem bär ansvar för det.”

”Jag förstår.”

”Jag <u>måste</u> veta hur min dotter dog och vem som bär ansvaret för det. Det är det enda jag behöver i mitt liv.”

Det var tyst igen en kort stund och nu var det Tristram som tittade ner mot bordet.

”Det är det som är konstigt. Det är ingen som bär ansvar för er dotters…”

”Ingen bär ansvar? Ni sa väl att hon blev dödad?”

”Ja, det blev hon-”

”Och ni vet vem som gjorde det, eller hur?”

”Ja, det gör vi. Vi vet vad som tog hennes liv-”

”*Vad* inte *vem*?

”Så säger experterna.”

”Experterna? Och vad säger ni?”

”Jag har ingen anledning att säga det motsatta.”

”Betyder det att min dotters pojkvän befrias från alla misstankar?”

”Redan från början var misstankarna mot honom ganska svaga.”

”De träffades väl den 18 november sista gången, natten till den 19 november närmare sagt, och hon hittades väldigt tidigt på morgonen, livlös, liggande i utkanten av staden på ett fält alldeles i närheten landsvägen där hon hade parkerat bilen?"

"Alldeles riktigt-"

Fru Grankvists röst började darra allt mer när hon fortsatte tala.

"Hon hade en skada på huvudet, ett sår förorsakat av ett hårt slag med ett trubbigt föremål, förmodligen en sten, eller hur?"

"Det stämmer, frun-"

"Vem slog henne då? Det var väl inte hon som gjort det själv?"

"Nej då, fru Grankvist. Att göra något sådant är närmast osannolikt."

"Finns det något mer osannolikt, då?"

"Jag är rädd för att det finns-."

"Vad? En meteorit kanske?!"

"Just det!"

Ingen bryr sig

”Vet du att allt prat om stjärnornas och planeternas rörelse och påverkan på våra liv är lika meningslöst och verkningslöst som alla diskussioner om tidens existens och icke-existens? Att det är vi människor som inte bara skapar utan också manipulerar alla dessa begrepp och relationer dem emellan och deras diverse inflytande på oss? Att vi är väldigt duktiga konstruktörer, min vän?”

Det var en filosofisk inledning till en rolig historia som en vän till mig började berätta för mig för några år sedan. Vi satt på en restaurang en väldigt kall och snörik vinter och var på vår fjärde, femte öl när han yttrade dessa ord.

”Det visste jag inte”, svarade jag bekvämt lutad mot ett varmt element alldeles bakom mig.

”Jag visste att du inte gjorde det. Och min nästa fråga är: Vet du varför? Jag vet ditt svar eftersom du inte kunde svara på min första fråga.”

”Varför?” frågade jag knappast intresserad eftersom jag trodde att min vän redan var påverkad av de drygt två liter öl han hade hällt i sig.

"Det är bara för att uppfylla eller tillfredsställa sina behov!" svarade han med något högre röst. "Att uppnå sina mål oavsett vad det är för sorts mål de vill åstadkomma".

"Vad är dåligt med det?" undrade jag med lika hög röst.

"Ingenting", replikerade han blixtsnabbt och slog lätt med fingerknogarna mot bordet. "Det är inte alltid till ondo. Jag vill bara säga att det handlar om manipulation. Exempelvis kom jag till världen och finns i den tack vare en manipulation".

"Har du fötts genom en manipulation?" frågade jag en smula fräckt.

"Inte direkt, men jag kan tacka en patriark, eller någon annan högt uppsatt kyrkoman att jag finns idag."

"Hur kommer det sig?"

"Vill du verkligen höra det?"

"Finns det något viktigare just nu?"

"Okej, då berättar jag. Året borde varit 1930. Min farmor var knappt 23 år gammal när hennes far bestämde sig för att gifta bort henne med min blivande farfar. Några år innan dess hade min farmor (det berättade hon för mig) en stor kärlek som hon var tvungen att hålla hemlig från sin far. Hon och den unge mannen brukade träffas i en plommonträdgård i smyg. Där brukade de kyssas och kramas och ibland dricka plommonbrandy - Slivovitz, som man brukar kalla det - (det berättade farmor för mig). Sedan tog deras förhållande slut och jag fick inte veta hur.

Så när min farmor var nästan 23 år gammal - det räknades som gammalt då om man inte var gift - bestämde sig hennes far och fadern till min blivande farfar att de två skulle gifta sig. Jag vet inte om min farfar var ovillig till något sådant, men min farmor var säkert det, men ingen brydde sig nog om det. Däremot fanns det ett litet problem, ett hinder till deras överenskomna gifte. Nämligen var min farmor sex år äldre än hennes blivande, långe och snygge make, vilket betydde att han var omyndig och ett sådant äktenskap skulle inte kunna genomföras enligt lagen."

"Nu börjar det bli intressant", sa jag och gav tecken till kyparen att komma med två öl till.

"Det har du rätt i. Det blir ingen tråkig fortsättning på den här historien. Det skulle ta nästan ett år till för att min farfar skulle bli myndig och en så lång tid ville inte deras fäder vänta. Varför de hade så bråttom har jag ingen aning om. Det som jag med säkerhet fick veta var att min farmor inte var gravid. Det var hon varken med sin ex-pojkvän eller sin blivande make. Vad min farfar egentligen hade för problem som gjorde att man inte kunde vänta i ett år har jag som sagt ingen aning om. Hursomhelst fanns det ett problem att lösa. Och det tog inte så lång tid att komma på en lysande idé. Då skrev de två fäderna ett brev till patriarken.

De väntade spänt på svaret från honom. Det tog inte mer än tre veckor när patriarkens brev med svaret kom. Problemet löstes och de kunde gifta sig. Så småningom fick de barn, bland annat min blivande far som i sin tur gifte sig med min blivande mor och så småningom kom jag till världen."

Min vän slutade abrupt sin berättelse.

"Vad stod det i brevet?" frågade jag min vän som tittade sömnigt mot bordet och verkade inte märka att han lämnat en lucka i sin berättelse.

"Patriarkens?"

"Nej", sa jag skrattande. "Jag förstår att patriarkens svar var positivt för de två gubbarna. Vad stod det i brevet dina förfäder skrev till den där patriarken?"

"De bad helt enkelt honom tillåta min farmor låna elva månader från sitt liv till min farfar så att han kunde bli myndig och gifta sig med henne", svarade min vän, och skålade.

Jag tittade på honom med sympati en stund och sa sedan:

"Ja, vem bryr sig om planeternas rörelser."

Jag skålade tillbaka och tog en bra klunk öl.
Han gjorde detsamma.

Stella Canis (Dog Day Afternoon)

Det var en hängiven och stadgad medelålders familjeman som hade en sommarstuga i stadens utkant.

Det var en söndag i slutet av juli, just då när dagstemperaturen stod på sin höjd - just då när smågårdarna var fullproppade med många olika mogna grönsaker. Mannen hade just en sådan trädgård vid sin sommarstuga. Eftersom han och hans fru hade börjat gå in i den ålder då man allt mer seriöst tänker på hälsans vikt var det alldeles förväntat att ett vegetariskt tema upptog största delen av deras samtal den dagen. Då fick mannens fru idén om vad hon skulle laga till en tidig middag.

"Det blir en pumpapaj!" sa hon.

Men hon behövde en pumpa och i deras lilla gård fanns det många fina pumpor.

"Visst! Nu åker jag och hämtar en fin pumpa", sa mannen.

Inte bara för att han var en make som alltid med glädje uppfyllde sin makas önskningar utan han själv var sugen på en gott smakande pumpapaj. Och hans fru kunde laga en sådan! Mannen hade därför inte svårt att resa sig från sin sommarstol, där han hade det bekvämt, och att byta verandas svala skugga mot de glödheta solstrålarna.

Hela jobbet skulle inte ta mer än en kvart och om han körde lite snabbare skulle han vara hemma till och med om tio minuter. Han satte sig i bilen, satte i gång den och åkte till sin sommarstuga.

Sagt och gjort! Han parkerade sin bil vid vägkanten knappt fem minuter senare och klev ur bilen alldeles svettig eftersom luftkonditioneringen var ur funktion. Han tog av sig sin kortärmade skjorta och torkade sig med den i ansiktet och bröstet, sedan kastade han den i bilen och gick mot staketet. Att låsa upp trästängslets port brukade alltid ta lång tid, så han bestämde sig för att hoppa över det. Samtidigt såg han en krossad ölflaska i kanalen som sträckte sig längs staketet. I de spetsiga, tegelfärgade glasskärvorna reflekterades solstrålarna. Han kom fram med tanken att plocka upp det, men ångrade sig och lämnade det med avsikt att göra det senare. Han hoppade över stängslet och gick in på gården.

Han behövde en lite större pumpa. Plötsligt kände han en bara för honom känd lukt. Det var en lukt som han kände från barndomen. En orms lukt, som han kallade den, fastän han inte visste om man kunde känna en orms lukt. Det var något som kunde liknas med en omogen persikas lukt. Varje gång han hade känt den fick han otur. Han kände en stark och kortvarig oro och började vända sig om, till vänster och höger, i ett försök att se om det inte fanns något i hans närhet som kunde vålla någon otrevlighet. Men han lade inte märke till något sådant. Det rådde bara hetta och tystnad runt honom.

"En riktig *dog day!*" sa han högt för sig själv, torkade svetten från pannan med handflatan, böjde sig ner, plockade en lämplig pumpa och gick därefter snabbt mot bilen.

Då började saker och ting gå helt fel. I sin vänstra hand höll mannen pumpan och med den högra stödde han sig mot staketet och försökte hoppa över det. Mitt i språnget gav hans högra hand oförklarligt vika och han rasade ner mot kanalen som låg på andra sidan stängslet. En vass smärta i högerfoten tvingade honom att omedelbart resa sig upp. Det nästan svarta blodet täckte hela foten och han kunde inte se hur stort såret var. Försiktigt, för att inte skada sitt vänstra ben, hoppade han på det oskadda till bilen, grep tag i skjortan och lindade den snabbt runt den skadade foten. Han tänkte att det viktigaste var att så fort som möjligt komma hem, desinficera såret och sätta bandage på det.

Han startade bilen och började köra med ratten i en hand. I den andra höll han pumpan.

I nästa ögonblick tappade han pumpan ur handen. Den rullade ner under benen på honom. Instinktivt böjde han sig ner efter den och försökte ta upp den. Då tappade han kontrollen över ratten och bilen körde ner i ett dike. Nu kände den olycklige mannen en stark smärta i sin högra hand. Han förstod genast att den var bruten.

Med pumpan i sin vänstra hand försökte han med det friska benet öppna passagerardörren eftersom den på hans sida var tätt intill dikets sida och inte kunde öppnas. Och han lyckades. Likt en ödla kröp han ut ur bilen med pumpan i handen. Det följdes av ett nytt misstag. Glömmande att hans högra fot var skadad stödde han sig just på den. En våg av smärta kastade honom bakåt och han slog huvudet i den del av bilen där dörrens kanter går in. Då svimmade han.

Som det brukar vara kom han till medvetande först på sjukhuset. Han kände inget ont. Det kändes bara lite kallt och det kändes behagligt. Som för de flesta var också sjukhuslukten väldigt bekant för honom och han behövde inte öppna ögonen för att förstå var han befann sig. Han låg bara så en viss tid i sängen, förbannande sig själv i tysthet.

När han öppnade ögonen kände han igen sin kära frus ansikte. Stumt och ängsligt betraktade hon honom. Och han betraktade henne. Det kändes som att det hade pågått i evighet. Plötsligt blev kvinnan lång i ansiktet. Hon stirrade mot mannens mage. Han undrade vad som kunde vara orsaken till det.

Det är kanske inte min fru, tänkte han. Om det inte är min fru, då är jag också någon annan. och tvärtom, var hans resonemang.

"Varför ler du?" frågade hans fru och på så sätt avbröts hans dilemma.

"Jag vet inte", svarade mannen.

"Vad har hänt? Orkar du berätta det för mig", frågade kvinnan medan några tårar rann nerför hennes ansikte.

Han orkade göra det.

När han hade berättat färdigt vad som hade hänt märkte han att hans fru återigen tittade mot hans mage. Mannen kunde tydligt se vreden i sin frus ögon. När hon oväntat sträckte händerna mot hans mage var han skrämd att hon skulle slå honom i den. Han såg pumpan i hennes händer. Den hade han fast hållit på magen med sin vänstra hand hela tiden.

Först tittade kvinnan runt om sig i rummet, därefter försvann hon.

När hon var tillbaka igen höll hon inte bara pumpan i händerna utan också en kniv. Hon satte sig lugnt på knä och han kunde se hur hon energiskt lyfte handen med kniven i upp och ner några gånger. Pumpan var skuren i många bitar.

"Så där", sa kvinnan lugnt, rättade till sin frisyr, lämnade tillbaka kniven där hon hade hittat den, kom tillbaka i rummet igen och ställde sig belåtet vid makens säng.

Fullmånens obestämda ställning

Jag är en väldigt pratsam, öppen och sällskaplig människa. Sitter jag på en buss, ett tåg, ett flygplan eller i ett väntrum på ett sjukhus eller på något annat offentligt ställe har jag svårt att bara sitta sömnig och tyst på min sittplats där. Jag tittar mig omkring och försöker fånga uppmärksamheten hos någon av passagerarna eller de väntande och påbörja ett samtal. Jag har alltid varit sådan och det kan jag inte göra något åt.

Jag är medveten om att det kan vara irriterande för vissa och jag har försökt att vara mer förbehållsam, men det går svårt. Om det är fullmåne, har jag lagt märke till, är det omöjligt att hejda mig. Det är inte så att jag efteråt behåller i minnet vad jag har pratat om med folk. Själva samtalandet gör mig tillfredsställd och innehållet på det sagda och det hörda försvinner så fort jag eller min samtalspartner försvinner. Det var i alla fall så tills för tre månader sedan.

Det var en dag, eller en decembernatt förra året. Efter en kort semester (fem dagar var det) i

Grekland var jag på väg tillbaka till Stockholm. Det var redan kväll när flyget lyfte. Jag satt vid gången och bredvid mig satt en äldre herre och tittade ut genom fönstret. På sittplatserna framför oss satt en kvinna med sin dotter, en artonåring skulle jag gissa, och till höger om dem två satt hennes make med det andra barnet, en tretton-, fjortonårig pojke skulle jag gissa. Bakom oss satt två underliga figurer som genast började läsa när de satte sig på sina platser. Till höger om mig satt det ingen, alla platser var tomma. Så bästa chansen att påbörja en kommunikation med någon var min närmaste medpassagerare. Problemet var att mannen tittade så uppmärksamt genom fönstret som om han förväntade sig se ett oidentifierat flygande objekt.

Först efter cirka en halvtimme vände han sig oväntat mot mig och sa:

"Titta på fullmånen!"

Jag böjde mig för att se den och det gjorde jag iögonfallande för att vissa att jag var beredd för ett samtal.

"Oj, vad festligt!" sa jag.

För ett ögonblick var jag en smula oroad om jag hade valt ett passande ord. *Festligt* skulle kunna låta lite överdrivet och mannen skulle kanske få intrycket att jag var ironisk.

"Förbluffande! Don quijotiskt!" sa mannen förtjust.

Då han använde dessa, för mig lite ovanliga ord, speciellt *don quijotiskt*, försvann alla spärrar hos mig.

"Jag minns inte sist jag såg en så vacker, överväldigande och kristallklar måne! sa jag nästan skrikande.

"Exakt!"

Efter att han hade bestyrkt mina ord tog han av sig glasögonen, torkade dem och när han satte dem på sig igen la han till ytterligare en observation.

"Det känns nästan som att man inte kan avgöra om den står ovanför oss eller under oss, om den står uppe eller nere."

Det var inte alls mitt intryck och jag undrade hur han kunde komma på ett sådant absurt konstaterande. Visst ville jag inte opponera honom eftersom det skulle leda vårt samtal i en oönskad riktning. Jag kunde inte heller säga att det stämde och att det var mitt intryck med. Jag tänkte febrilt på vad jag skulle säga utan att ta för mycket tid på mig, jag ville inte riskera att vår påbörjade pratstund skulle abrupt ta slut.

"Det är inte där uppe utan där nere, det är inte där nere utan där uppe", uttalade jag dessa ord nästan sjungande och inte helt ogenomtänkt.

"Vad skulle det betyda?" frågade han.

I hans rösts tonläge förnam jag ingen spydighet eller känslokyla utan blott ett varmt intresse.

"Det ni sa associerade mig till något från min tidiga barndom. Väldigt tidiga barndom".

"Berätta det för mig", sa han.

Han verkade övertygande intresserad av att höra min korta historia.

"Det var mycket mycket länge sen."

Jag gjorde en kort paus och nickade tankfullt.

"Det var i början på sextiotalet", fortsatte jag, "och jag var knappt tre år gammal. Mina föräldrar och jag bodde i en liten ort där det fanns bara en asfalterad gata. I vårt grannskap bodde en liten flicka. Hon var i min ålder. Jag minns fortfarande att hon hette Adriana fast det var för drygt fyrtio år sen. Vi lekte ofta tillsammans men vad vi lekte minns jag naturligtvis inte. Utom en sak! Av nån anledning brukade vi kramande gå gatan upp och gatan ner. Och vi sjöng! När vi gick gatan ner sjöng vi: ´Det är inte nere utan uppe´. När vi gick gatan upp sjöng vi: ´Det är inte uppe utan nere!´ Jag minns hennes leende väldigt tydligt. Det var ett sympatiskt leende trots att hennes tänder var ganska kariesskadade. Jag minns... som om det var igår".

"Hur länge umgicks ni?"

"Det var bara den där sommaren. Hon och hennes familj flyttade till en annan ort redan i augusti, skulle jag gissa."

"Sågs ni någon gång senare?"

"Nej, faktiskt inte."

"Konstigt att du inte försökte hitta henne när du var äldre eftersom du aldrig verkar glömt den lilla flickan.

"Bara några år efter att hon hade flyttat hörde jag av min mamma att hon hade dött. Hon fick veta det av en bekant till henne."

"Den lilla flickan? Vad tråkigt! Vad sorgligt! Vad hände? Fick du veta orsaken till hennes död?"

"Hon drunknade i en flod enligt det min mamma hade hört. Floden hette Drina och var ökänd på den tiden."

Mannen var tyst och tittade igen på fullmånen som lyste klart.

Jag gjorde detsamma.

Resten av flygresan var vi mest tysta.

När vi landade på flygplatsen var det tid att ta farväl till min medpassagerare. Innan jag skulle resa mig upp från min sittplats lät jag först kvinnan och hennes familj passera mot utgången först. Först gick hennes make förbi, sedan barnen och till sist hon. Jag kände mig svagt irriterad eftersom det tog lång tid för kvinnan att gå förbi. Jag brukade lämna flyget väldigt snabbt efter att resan tagit slut.

När hon äntligen passerade min sittplats reste jag mig upp och tog min lilla resväska från facket. När jag vände mig om såg jag en papperslapp på golvet. Jag böjde mig snabbt ner och tog upp den. Jag kastade en hastig blick på den. Min vänlige medpassagerare undrade vad det var för. Jag svarade att det var bara en lapp och ingenting annat och skrynklade den i handen för att ge honom intrycket att jag skulle kasta det i papperskorgen.

När jag var ute och på väg till tåget tittade jag på lappen igen.

Det stod skrivet:

"Den lilla flickan lever."

Under den stjärnrika himmelen

Evigheten ska uppfattas som ett relativt begrepp när jag säger att det var en klar sommarkväll för en evighet sedan.

Jag låg på en mörkgrön äng och tittade djupt i den med stjärnor belysta himmelen. Plötsligt fick jag intrycket att jag befann mig djupt i den, i ett viktlöst tillstånd. Det var inte bara det, utan jag märkte att vart jag än vände huvudet till och riktade blicken mot kunde jag se olika tidsfragment från mitt liv. Jag kunde växla från en tid till en annan från min dåvarande tid, men också från den tid jag såg mig i till en annan. Alla dessa livsfragment var lockande och fina att se, men det mest lockande tycktes mig den tidiga barndomen.

Så jag vände huvudet mot min vänstra sida och riktade blicken etthundra år tillbaka i tiden och såg tydligt följande:

Jag är ungefär två år gammal. Det är en tidig höstförmiddag. Söndag. Vi, min far och jag, är på landet på besök hos hans föräldrar och just på väg att lämna deras hus. När vi passerar ett högt, gammalt ekträd springer en liten, gullig, svart gris mot oss. Min far tar snabbt upp den och kastar försiktigt den i en vattenpöl till vänster om honom. Medan den lilla grisen med lätthet simmar ut från vattenpölen skrattar vi två, fader och son. Jag står till höger om min far och lyfter upp huvudet och tittar på honom: lång, atletiskt byggd, mörkhårig, iklädd en vit skjorta och mörk kostym. Jag skrattar högt och känner en kolossal stolthet och glädje att jag är med min pappa. Pappa fortsätter att skratta så länge jag tittar på honom. Min blick fastnar vid hans glänsande vita tänder. Det gör att jag i min tur vänder blicken mot mina farföräldrars lilla hus, mot det jag upplevt knappt en halvtimme tidigare: jag sitter i min farfars knä medan han sitter på stentröskeln och spelar tamburin och kärleksfullt ler mot mig. Hans leende är prytt med kortklippta, välvårdade mustascher och glänsande vita tänder.

Jag vänder snabbt blicken till höger och ser tjugoett år framåt i tiden från den roliga händelsen med den lilla grisen och ser och hör hur jag berättar för min far om det här minnet.

”Och du minns det, min son?”

”Javisst, pappa, gör jag det.”

Tveklöst imponerad över min minnesförmåga rynkar han pannan och säger nickande:

"Ja, din farfar hade alla tänder när han dog femtiotvå år gammal några månader senare. Det var sista gång du såg honom."

"Ja, jag har en bra minnesförmåga", säger jag till honom.

Jag vänder blicken drygt tjugoett år tillbaka i tiden från det samtalet jag hade med min pappa:

Jag är drygt två år gammal och står utanför vårt smala och förfallna tvåvåningshus. Det är en stilla och het sommarförmiddag. Den molntäckta himmelen gör luften kvävande. Plötslig känner jag som om jag är på väg att tappa jämvikten. Jag förstår inte vad det är som händer men blir väldigt rädd.

Jag börjar skrika:

"Mamma! Mamma!"

Min mamma rusar ut ur huset och ropar på mig. Jag förstår ingenting av det hon säger eller försöker säga till mig men jag förstår tydligt fruktan i hennes japanskt sneda ögon och märker krampen i hennes vackra ansikte. Jag springer mot henne.

Nästa stund står vi på husets träröskel och jag känner mig lugn och trygg beskyddande omfamnad av min mamma, lutad mot hennes knän ser jag då en tegelbit faller ner från taket på exakt den plats jag stod några sekunder tidigare.

Jag vänder snabbt blicken tjugotre år framåt i tiden från den upplevda jordbävningen. Jag berättar för min mamma om det som hänt, om vår gemensamt upplevda jordbävning.

”Och du minns det?” frågar min mamma, tveklöst imponerad över min minnesförmåga.

”Javisst, mamma, gör jag det.”

Hon lägger genast till därefter:

”Mitt smeknamn faktiskt var japanskan på den tiden därför att jag hade sneda ögon.”

”Jag kommer ihåg den första jordbävningen i mitt liv. Det var med dig, mamma.”

Min mamma ler mot mig.

Jag ler tillbaka och säger:

”Jag minns allt som hänt första gången i mitt liv.”

Plötsligt svävande där uppe i himmelen vände jag blicken ner mot jorden och tittade mot min gravsten. Den kunde ses så klart under de miljarder blinkande stjärnorna. De lyste över den fridfulla och fredliga perioden på Balkan. Det var en vacker syn.

Den enda världen

De gula månstrålarna förvandlades till silverfärgade nyanser när de föll på havsdropparna som långsamt rann nerför Noriko Shimadas nakna kropp den natten.

Vattnet kom henne till knäna när jag fick se henne och jag kunde inte ta mina ögon från den drömlika kroppen som uppenbarade sig plötsligt framför mig. Jag stod där som förtrollad på inte mer än femton meters avstånd. Jag trodde att hon redan hade badat eftersom hennes kropp var våt och att hon nu tittade mot månen och njöt av den magiska synen. Inga stjärnor syntes, bara månen, stor som solen, på den oändliga himmelen över det oändliga havet. Himmelen, månen, havet och Noriko Shimadas nakna kropp! Bilden jag förväntade mig se kunde absolut inte matcha den jag hade framför mig då. Jag kunde varken se hennes ansikte eller någon eventuell vänlighet på det, eller hennes ögon och ett eventuellt intellektuellt djup i dem, men månstrålarna som genomströmmade hennes kropp och därefter nådde mig möjliggjorde det, att avläsa allt detta och känna inget annat än beundran för kvinnan. Jag visste inte vad hon hette, det skulle jag få veta senare.

Bara en kvart tidigare satt jag på en pub och drack mitt tredje glas sake och tjuvlyssnade för språkets skull på folk som stod vid bardisken till höger och vänster om mig och talade japanska. Min japanska visade sig vara på en mycket - mycket! - längre nivå än jag hade för mig. Att läsa korta texter och samtidigt lyssna på dem visade sig vara ett missledande tillvägagångssätt. I alla fall för mig. Men man måste börja någonstans. Musiken var lagom hög och jag kunde tydligt höra ett par som stod till höger om mig prata om månförmörkelsen. Trots faktum att musiken inte var störande vid mitt tjuvlyssnade missförstod jag att månförmörkelsen skulle ske inom kort.

"Hai!" sa jag högt och glatt på japanska och slog lätt med näven mot bardisken. Jag tänkte på en högt passande plats för att skåda månförmörkelsen. Jag drack ganska snabbt upp mitt glas sake, betalade notan med mitt betalkort och darrande händer och gick ut redan påverkad av det jag hade druckit. Det tog mig knappt femton minuter att med raska steg komma till den lilla stranden jag såg under en lång, tidig eftermiddagspromenad jag hade gjort samma dag.

Nu stod jag där och tittade förtjust på den mystiska kvinnans bedårande avklädda och våta kropp med ryggen vänd mot mig. Hon böjde sig ner mot vattnet lite grann och hämtade med båda händerna havsvatten och hällde på sig, på sina armar och sina bröst som jag oemotståndligt fick lust att se. Jag önskade mig vara vattnet som flöt på hennes hud. Jag stod där, orörlig och stum, som paralyserad av hänryckning.

Den första korta scenen som uppdagades inför mina ögon stelnade i min hjärna; jag förmådde liksom inte längre följa händelsernas gång. Min inbillningsförmåga sattes omedelbart och kraftfullt igång, som aldrig tidigare när det gällde en kvinna. Jag som aldrig hade varit gift och aldrig haft medvetna tankar om att skapa en familj, en fru och barn, såg nu väldigt klart denna kvinna som min äkta maka. Jag såg våra tre barn, hur de skrattade mot oss medan vi lyckliga tittade på deras fina små glänsande tänder och vackert formade svarta och mjukt sneda ögon. Det jag såg kändes så verkligt, så övertygande. Mitt intryck var att mitt liv enbart kunde se på så vis ut och att inget alternativ kunde finnas. Det fanns en värld jag befann mig i och inga parallella världar utom den under den där månen kunde tas hänsyn till. Det fanns för resten inga stjärnor som jag kunde drömma mig till, vi stod viljestarka på jorden belysta av dess vackra satellit.

Då märkte jag något underligt. Mina ögonbryn rynkades. Det verkade som att den förtjusande, i min hjärna fastetsade bilden, började distansera sig från mig. Avståndet mellan Noriko och mig blev långsamt men säkert allt längre och längre. Den en gudinnas liknande kropp, den överlägsna kroppen syntes inte mer till. Mina ögonbryn rynkades ännu mer. Det var endast hennes huvud jag kunde se från havsstranden nu. Och också det hade jag allt svårare att se. Jag kom närmare vattnet, men min förvirring blev inte mindre. I nästa stund, när det blev allt mörkare omkring mig, slog en vindpust mot mitt ansikte och den hade en örfils styrka. Jag kvicknade till och först då förstod vad det var som höll på att hända. Jag hoppade äntligen in i vattnet och började jäktande simma mot kvinnan vars huvud hade redan försvunnit under vattnets yta.

"Om du inte hade hunnit och räddat mig, om du inte hade lyckats förhindra mitt självmordsförsök, skulle jag aldrig ha haft dessa tre glada barn. Och dig", brukar min fru Noriko säga då och då och kyssa mig kärleksfullt därefter.

"Denna natt simmade jag inte bara för ditt liv, jag gjorde det också för mitt liv, för vårt liv och för våra barns liv", brukar jag säga i dessa stunder och kyssa Noriko kärleksfullt tillbaka.

Vittorio Vespuccis leende

"Vittorio, det är en sak jag undrar, eller har undrat över i flera år nu, varje gång du kommit i mina tankar. Det har du gjort, tro mig. Jag undrar varför du aldrig reagerade negativt när vi kallade dig för utomjording. Att du blev ledsen eller irriterad eller arg visade du aldrig. Och det var inte den avgörande orsaken till min undran utan att jag var överraskad för det diskret ironiska, nästan mystiska leende på ditt ansikte. Det har gått... hur många år har gått sedan dess? Tjugotre? Ja, det var år 2380 jag såg dig sist, men jag har en så klar bild av ditt gåtfulla, småleende ansikte framför mig, som om det var igår eller åtminstone för en vecka sedan. Den liksom inpräntades i mitt minne".

Det var min första fråga till min gamle skolkamrat Vittorio Vespucci när vi träffades av en slump på en restaurang i Rom dit jag anlände för första gången efter att jag jobbat i tio år på ett förlag i Buenos Aires.

Det var jag som först kände igen honom och efter en längre tvekan gick fram och hälsade på. Jag tvekade eftersom jag inte visste hur han skulle reagera.

Vi var ett gäng gymnasieelever - Marcelo, Cesare, Ornella, som var Casares flickvän på den tiden, och jag - som bokstavligt mobbade Vittorio genom att högljutt kalla honom för Utomjordingen. För oss var det liksom hans andra namn. Vittorio "Utomjordingen" Vespucci. I skolan var han känd som den bästa eleven i astronomi, fysik och matematik, men för oss var han inget annat än en töntig och väldigt udda kille som skulle, enligt oss, ständigt påminnas om det. Vi använde aldrig ordet ET eftersom det inte skulle ha samma negativa effekt som det nämnda ordet. På den tiden såg många av oss ungdomar på en uråldrig film som hette just ET och som skulle väcka empati hos folk om vi kallade honom så. Men vi ville inte bjuda på någon empati för honom. Konstigt nog var han inte sårad av vårt oförskämda beteende mot honom. Han undvek oss aldrig, tvärtom, var han alltid i vår närhet och tittade med stort intresse, nästan beundran på vårt lilla otuktade sällskap. Det gjorde mig alltid konfunderad, och säkerligen även Marcelo, Cesare och Ornella fast de aldrig sa det explicit. Så nu när vi hade träffats igen och satt vid samma bord som två vuxna och seriösa personer ville jag förstås be honom om ursäkt för mina och mina vänners dumheter.

Det kändes samtidigt lite ovanligt att be en person som inte såg ut behöva det om ursäkt. Jag ville gärna veta om hans reaktion bara var en mask, en psykisk försvarsmekanism, eller om den var på riktigt. Om det bara var en mask skulle jag be honom innerligt om ursäkt. Om det var på riktigt skulle jag verkligen vilja veta varför det var på riktigt. Jag visste inte om det var ett korrekt resonemang, men det tycktes mig alldeles rimligt.

Medan vi väntade på vår beställning tittade jag på honom, ångerfullt och förväntansfullt. Det var samma leende på Vittorios ansikte som jag mindes det var för drygt två decennier sedan.

Då började Vittorio tala.

"Det var en bra anmärkning, Roberto", sa han först och nickade långsamt. "Fast det var inte bara ironi du kunde avläsa i mitt ansikte då. Jag tyckte också synd om er, jag såg till och med lite grann ner på er på grund av hur naiva ni var."

"Tyckte du vi var naiva för att vi kallade dig för en utomjording?" var jag tvungen att avbryta honom och ställa denna fråga.

"Precis så, Roberto. Det var skrattretande att ni kallade mig för en utomjording. Det var som att en eskimå kallar en annan för eskimå. Ja, Roberto, alla vi var och är utomjordingar", sa Vittorio och skrattade ljudlöst, visande alla sina tänder.

"Är vi alla utomjordingar?" frågade jag och tyckte att det endast var Vittorios försök att trivialisera minnet på en dumhet från det förflutna.

"Roberto, när man pratar om utomjordingar eller *ET*-ar hur föreställer man sig dem?"

"Antingen som kolonialistiska eller som utvecklande, men det är oftast det första som gäller", svarade jag snabbt på Vittorios fråga och tillade att jag oftast såg på utomjordingar i den negativa kontexten, som om de var predatorer.

"Har du någon gång tänkt att vi kanske enbart omedvetet projicerar våra egna egenskaper på dem vi aldrig sett?"

"Nej, faktiskt, men jag förstår alldeles väl vad du vill säga. Jag vill påpeka här att det vi nu befinner oss i är ett psykologi -och filosofiområde. Jag vill säga att jag vill veta om du har något mer konkret att komma med, något mer övertygande."

"Visst har jag det, Roberto, och jag vill påminna dig om att jag är minst en lika seriös människa som du är. Jag vill således att du ska tro på mina ord nu när du hör det jag vill berätta för dig."

"Vito, tro på mig när jag säger att jag ska tro på varje ord du uttalar här och nu."

"Bra! Roberto, du vet att jag var en extraordinär elev på den tiden. Och det extraordinär betyder extra-extraordinär! Som sådan var jag bjuden av en global vetenskaplig organisation att jobba för dem. Det var en man som hette Mr Crocker som kontaktade mig. Nu har han varit död i tre år och jag kan nämna hans riktiga namn även om det låter påhittat. Han gick bort etthundraelva år gammal, femton år efter att han pensionerades. Jag accepterade hans inbjudan utan några som helst betänkligheter. Visst var det ett ytterst hemligt uppdrag och jag skulle låtsas gå i skolan, vara en vanlig gymnasieelev, medan jag jobbade för dem. Introduktionstiden klarade jag alldeles lätt, jag var högt motiverad och hade lika hög intelligens.

På den tiden hade de redan upptäckt och invaderat två bebodda planeter. Hela processen hade pågått i sjuttio år, en tillräckligt lång tid för att i hemlighet hinna flytta en massa av vårt folk ditt. Soldater och vetenskapsmän. Så det var inte något nytt och jag blev en aktiv del av denna process. Infödingarna där befann sig naturligtvis på en betydligt lägre utvecklingsnivå än vi och vi kunde lätt besegra dem när de insåg vad vi höll på med. Jag var där ett par gånger och lärde mig till och med några språk som pratades på en av planeterna. Det var inte mer än grundläggande språkkunskaper men tillräckligt bra för att kunna förstå att de kallade oss för utomjordingarna. Så jag behöver inte förklara att de såg på oss på samma sätt som du och många andra gör när ni tänker på utomjordingar."

Här gjorde Vittorio en kort paus, kyparroboten kom med maten och började servera den på vårt bord.

"Processen fortsätter", Roberto, sa han när roboten gick därifrån efter att den hade önskat oss smaklig måltid. "Jag är en ansedd och betrodd man i organisationen nu och vi har hunnit med att förstöra ytterligare ett liv på en planet för att behålla vårt eget välstånd. Jag är inte stolt över det, men jag kan inte dra mig tillbaka nu. Jag betalar priset för min ungdoms dumhet. Det ironiska leendet som var riktat mot er då finns än idag, men det är riktat mot mig nu. Roberto, jag behöver inte säga att du inte ska berätta det för någon. Inte för att du inte får göra det utan för att ingen skulle tro på dig. Och i fall du gör det och blir trodd, förnekar jag det. Om det är någon tröst vet du mycket mer om vår sort nu."

Jag nickade bara. Stumt.

"Träffar du någon gång Marcelo, Cesare och Ornella hälsa från mig och säg att jag har inga otrevliga minnen från den tid vi bara var vanliga gymnasieelever."

Den lilla lila planeten

Mina sista dagar på jordklotet började den dag jag såg Spegeln för första gången.

Innan dess fanns det inget esoteriskt i mitt liv. Om jag tittade framför mig själv såg jag ingenting speciellt sevärt. Det kunde vara ett bord eller en tv eller en tom vägg om jag satt ensam hemma i vardagsrummet. Då var bordet bara ett bord, ingenting annat; det kunde inte exempelvis försvinna om jag ville att det ska göra det, det stod bara där oavsett om jag behövde eller inte behövde det, att äta eller skriva till exempel. Det kunde vara ett träd, ett hus eller tom luft om jag var ute och traskade gatan fram. Då var trädet bara ett träd, ingenting annat; det kunde exempelvis inte förvandlas till något annat, det stod bara där oavsett om jag behövde eller inte behövde en skugga att gömma mig från solen för en stund.

Så en dag vände jag mig om och tittade igen framför mig fast i motsatt riktning. Då såg jag en spegel.

Spegeln började visa sig allt oftare. Det spelade ingen roll om jag satt hemma i vardagsrummet eller var ute och gick på gatan.

Det var inget vanligt i Spegel. I den avspeglades varken min gestalt eller det som fanns bakom mig, ett bord eller ett träd till exempel. Det jag såg i den märkliga Spegeln var en planet. Till sin daning såg den ut som vilken planet som helst man kunde se på tv:n eller i en lärobok eller i en atlas. Det var bara färgen på den som var annorlunda. Den var varken blå, grön eller röd. Den var lila. Visst skiftade denna färg i olika nyanser beroende på vad en åskådare, det vill säga jag, betraktade. Om det var vattenytan jag tittade på var den i en ljusare färgton. Om det handlade om bergsområdena blev den i en mörkare kulör. Om det var slättmarkerna jag tittade på hade färgen den nyans som man brukar föreställa sig när man tänker på den lila färgen.

Det var inte det enda Spegeln bjöd mig på. Jag kunde se mig själv vistas på denna lilla lila planet. Det fanns inga människor där, men jag var inte heller ensam. Omkring mig rörde sig levande varelser som faktiskt befolkade denna himlakropp. De var också lilafärgade, visst i olika nyanser av lila. Deras utseende förändrades enligt mina medvetna eller omedvetna önskningar. De upptog de former jag önskade. Detsamma avsåg deras beteende. Det enda jag inte kunde förändra hos dem var deras lila färg. Hela min kroppsfärg blev också lila när jag befann mig där och det kunde jag inte heller göra något åt.

Önskade jag vara för mig själv försvann de utan att gnälla, de hade alltid något roligt att ägna sig åt. Ensam kunde jag se mig själv, hur jag simmade i det ljuslila vattnet, hur jag klättrade på de mörklila bergen, hur jag sprang på de konventionellt lilafärgade slätterna. Då kände jag detsamma utanför Spegeln som jag kände innanför den.

Först i början var jag väldigt misstänksam och reserverad mot och irriterad på Spegel som började uppenbara sig framför mig mot min egen vilja. Med tiden, när jag insåg alla fördelar med det, väntade jag bara på att den skulle dyka upp igen. Jag började stanna allt längre och längre på denna planet varje gång Spegeln dök upp. Jag började känna mig hemma där och planetens folk började se på mig allt mer som sitt eget.

De kallade mig Yn-Tel-Oiv.

"Yn-Tel-Oiv! Yn-Tel-Oiv! Saco-Di-Sra?" brukade de ropa på mig.

(Det betyder inte "Utomjording" och det betyder inte "Hur är det med dig?")

Pri-Vlig! Pri-Vlig! Gle-Dost! Gle-Dost! brukade jag svara dem.

(Det betyder inte "Bra, tack! Hur mår ni?")

Det som ytterligare var extraordinärt på planeten var att den var till synes tom. Inga hus, gator, träd, vägar, inga föremål... Det var så mycket fritt utrymme för olika kreativa handlingar eller tankar. Men om jag skulle lägga mig då dök det upp en säng, om jag skulle sätta mig fanns det plötsligt en stol, om jag tog ett steg i vilken riktning som helst uppenbarade sig en gata framför mig, om jag önskade en sol och en skugga uppenbarade det sig en sol och ett träd, om jag önskade en bok hade jag den plötsligt i händerna och kunde läsa den i den behagliga skuggan och så vidare och så vidare.

Allt kunde visa sig här utom två saker: ormar och kycklinghjärnor. När jag lyckades förklara för lil-folket vad det var skrattade de. Ja, de kunde faktiskt skratta, och det gjorde de ofta.

Så en dag stod det en obeskrivligt vacker varelse framför mig och tittade på mig med sina mörklila ögon. Instinktivt sträckte jag handen mot henne - jag uppfattade den som *en hon*, men det kunde vara en han om jag hade uppfattat den så - och hon gjorde detsamma.

När våra händer nådde varandra lyste hennes ansikte upp med en sådan glädje som bara kunde jämföras med den glädje jag såg i mitt ansikte när jag tittade mot Spegeln som från planetens sida avspeglade bara det som finns på den planeten.

Fast den kunde också göra annorlunda om någon önskade det. Men ingen gjorde det.

Jag har stannat kvar här, lila som jag är.

Min sista önskan uppfyller jag själv

Professor emeritus Roman Block dog gammal och ingen var speciellt ledsen för det.

Ändå uppmärksammades hans bortgång. Av två anledningar, kan man säga. Den första anledningen var att han hittades livlös i sin lägenhet först drygt tre veckor efter att han hade dött. I första början var folk som kände hans barn och barnbarn väldigt dömande mot dem. Hur kunde de tillåta sig att inte besöka sin far och farfar på så lång tid trots att de bara bodde ett par hundra meter från hans bostad?

"I Guds namn, har han ruttnat i lägenheten i en månad!" sa vissa.

"Skamlöst!" sa andra.

Romans barn försvarade sig med något som ingen ville tro på. I alla fall inte förrän brevet professor Block lämnat efter sig hade offentliggjorts. Det var den andra anledningen till att folk ägnade sin uppmärksamhet åt hans död.

Brevet lydde som det följer:

"Det är inte döden som jag fruktar för utan min behandling efter det.

När en stjärna faller sägs det att en människa har dött. Stjärnan förbränner ju och förvandlas till aska. Den tar slut. Den har ingen förmåga att reflektera över det innan den dör. Men en människa då? Vad har hon för val? Ja, det är två val hon har: att begravas eller förbrännas. Vad händer om hon varken vill det ena eller det andra? Inget, det är bara de två alternativ som bjuds på.

Jag har nästan hela mitt liv fasat för dessa två alternativ. Vad händer om jag bara är kliniskt död och vaknar efter att jag blivit begraven? Vad händer om jag vaknar just när krematoriet sätts igång? Skrattretande kan det verka för dem som läser det här. Inte för mig! Det är inte heller några retoriska frågor för mig. Jag får ångest av sådana tankar, och jag har inte tänkt på det bara en gång.

Idén om min sista önskan utvecklades utifrån dessa farhågor. Men jag visste att min sista önskan om min behandling efter att jag dött skulle ingen acceptera. Och det kunde jag förstå. Själv skulle jag ha svårt att acceptera den om det gällde någon annan. Så jag var illa tvungen att själv uppfylla min önskan.

När jag fick en cancerdiagnos och fick veta att jag bara hade tre månader kvar på mig att leva bestämde jag mig för det enda möjliga, det enda lugnande för mig.

En månad innan jag skulle dö (det kände jag starkt på mig) informerade jag mina barn och barnbarn att jag skulle åka till Maiorca och stanna där i fyra veckor. De hade ingen föraning om min annalkande död och var lite överraskade över min plötsliga resa eftersom jag var ingen till resor sugen människa. Men kunde inte göra något åt detta. Jag såg bra och frisk ut i deras ögon och det var förresten mina inte deras pengar jag skulle spendera. Jag ljög för dem att jag redan hade köpt flygbiljetten och att de inte behövde följa mig till flygplatsen. De insisterade. Jag insisterade ännu mer och de gav upp. Vad skulle de göra? Vem skulle övertala en gammal och envis man som jag var.

Min idé bestod i att dö i ensamhet och inte bli upptäckt förrän jag ruttnat så pass bra att min död inte skulle kunna ifrågasättas. Först var min tanke att gå in i en skog och göra det. Sedan av diverse orsaker avstod jag göra det. Jag gömde mig i min lägenhet och väntade på döden. Jag hade tillräckligt med mat. Jag behövde inte så mycket mat eftersom jag var dödssjuk och kunde ändå äta bara en bråkdel av det jag brukade som frisk. Jag behövde morfin mer än mat och det hade jag.

När mina nära och kära ringde mig ljög jag först att jag kommit fram, sedan att det var glada och innehållsrika dagar jag hade där och till sist att jag skulle komma om två dagar och att någon av dem kunde gärna komma på besök hos mig och se hur solbränd jag hade blivit.

Visst kände jag samvetskval på grund av det jag gjorde mot dem och den chock de skulle utsättas för, men min rädsla för att bli levande begraven eller levande bränd var flera gånger intensivare än mitt samvetsagg. Jag kunde helt enkelt inte utsätta mig för alla de mörka och plågsamma scenarier jag skulle koka ihop innan jag avlidit: hur jag vaknar i graven och inte kan andas eller röra på mig, hur jag vaknar i krematoriet och väntar på att bli levande bränd. Nej, det ville jag inte tänka på. En sådan olycka vill jag inte dra över mig.

PS
Jag dör nu. I lugn och ro. Fullproppad med morfin. Och massor doftande blommor under, omkring och på min döende och snart ruttnande kropp.

Dör med minnet på allt det glada jag upplevt i mitt långa liv.

Ligger fritt här på golvet i min lägenhet och överger den till den naturliga, riskfria och finala upplösningen.

Som ett djur i skogen. En hjort eller en ekorre eller igelkott. Spelar ingen roll vilket djur det handlar om.

Inget spelar någon roll nu. Jag dör utan som helst bekymmer.

Mer har jag inget att säga..."

Glömskans fantomsmärta

till
B.M.

Betraktarens introduktion

Jag observerar uppmärksamt hur den levande närmar sig, sträcker ut sin högra hand mot den döendes vänstra - tar omsorgsfullt i den, tittar och läser det skrivna på den ... noggrant ... medan den liggandes ögon oåterkalleligt slocknar i sin egen glömska.

Efter att den levande har läst det tar han en svart anteckningsbok och en tjock, röd penna från den andres nu så gott som livlösa andra hand och skriver sakta av det som står skrivet på den andres kalla på sin varma hand, det gör han med högsta fokus, av handrörelserna att döma blir bokstäverna fint formade och onekligen läsvänliga och lättlästa.

Den levande rättar upp sin böjda kropp, med några korta kroppsrörelser justerar ryggsäckens ställning, vänder om lite till höger, slår upp anteckningsboken och börjar anteckna tittande då och då till höger, till vänster och rakt fram, långsamt gående ...

lämnande den döende eller redan döde personen efter sig.

Den levande följer jag försiktigt på ett lämpligt avstånd, för att inte bli upptäckt och på så sätt förstöra en besynnerlig struktur som, av allt att döma, hade upprätthållits här. Därför är jag här: att betrakta - med ett särskilt godkännande - och att ta i besittning den svarta anteckningsboken när det visar sig som mest passande, att ingripa behöver jag inget tillstånd till, av rimliga skäl.

Vid slutet av den ena dagen - jag har hunnit observera detta mönster - luktar det som vanligt här, i början av den andra dagen luktar det illa och på kvällen blir man van med det så det började lukta som vanligt igen; jag förstår att alla följande dagar blir sådana; det är min tredje vecka i den här staden som jag kommit till på eget beväg och jag är inte säker på om jag orkar stanna ytterligare en. **Jag undrar vad som hade gått fel och jag har inget svar på det men det måste ha funnits en helt annan tanke med allt detta.**

Ur
Svarta anteckningsboken

Det är en stad där minnena dör.
    Vad heter staden?
    Var ligger den?

Det är en gata som andra gator i den här staden, gatan där minnena dör, där människostegen dör.

Den är lång - den känns oändlig, det finns inget att se bortom den ena eller andra ändan av den - och sällsamt bred - ömsesidigt kantad av medelhöga bostads- och företagsbyggnader. Bottenvåningarna är här och där reserverade för mat-, kläd- och skoaffärer, där all mat, alla klädplagg och alla skor knappast finns kvar. Det finns inte heller något att se bortom dessa byggnader vars färger bleknar ut likt minnena av dem.

Den är ovårdad och överallt ligger det föremål som jag delvis känner igen och andra jag inte ens kan föreställa mig med hänsyn till mitt nuvarande tillstånd. De jag känner igen är inte brutna eller krossade under några urgamla rituella akter utan befinner sig i gott skick och på så vis bekräftar sin av sina skapare ofrivilligt glömda funktionalitet.

Visst finns himmelen ovanför, grå och inte sevärd, avlägsen, föråldrad och dåsig samt ogenomskinlig, utan något att förväntas av. *Himlen har inga favoriter,* når mig plötsligt denna rent estetiskt lysande mening av Erich Maria Remarque i minnet. Har himlen inte det? undrar jag pragmatiskt. I alla fall är vi inte himlens gunstlingar. Sina favoriter täcker den säkert någon annanstans. **Här finns ingen som ber om himlens gunst.** Inte heller någon som skulle göra det i vårt anonyma namn.

Det ska tilläggas att solen aldrig skiner här. Denna heta himlakropp är reserverad för andra, avlägsna och lyckligt lottade ställen, här behöver ingen leta efter sin plats under den. Några få nyanser av grått turas envist oavbrutet om här. Det gröna eller det blåa kan man bara drömma om, om någon överhuvudtaget drömmer här; det får jag inte bekräfta. Himmelen, solen och drömmarna har jag ingen möjlighet att tala om.

Än så länge finns det ändå något av det som kan kallas för liv på denna likgiltiga gatans yta.

Lägenheterna är däremot antingen tomma eller utan de levande. De som inte tar sig ut på gatan går bort i dem. Det råder   döden antingen i dessa lägenheters tomhet - där luftdraget obemärkt och oavbrutet drar genom fönstren och tar allt inklusive tomheten med sig och försvinner genom dörren - eller i de ruttna eller ruttnande kroppar som ligger eller sitter där utan någon som kan begrava dem, eller minnas dem. Luften fortsätter strömma genom nästa lägenhet och fönstren till den nästa bostaden och fönstren och fortsätter bara   vidare. De där kropparna har jag inte heller någon möjlighet att skriva om, minnena av dem är lika döda som de, borta likt de lägenheternas stulna tomhet. Så är det nuförtiden.

Vid första ögonkast verkar det som om ett alldeles vanligt liv och ordinarie aktiviteter genomförs här. Det verkar däremot inte så vid den andra, skarpare blicken: här lever de amputerade minnenas folk. Bortom fantomsmärtor. Bortom? Vi får se.

Jag uppmärksammar de döende, de är mig lika, de är mig dömda till. Jag är dömd till dem. Det är ett genuint släktskap, som inte vilar på ett blodsband, däremot är det alldeles samstämmigt ofrivilligt som vilket som helst blodsläktskap kan vara. Den enda skillnaden är att man inte kan säga upp det. De döende är mitt enda släktskap nu. Det är det jag antecknar så länge det går att göra. Det gör jag ytterst plikttroget.

Varför jag gör det med ett sådant så att säga slaviskt driv? Det står på den döda handen att jag ska göra det. Jag vet bara att det är mitt livs sista uppgift nu. Min enda och sista *gåva* till mänskligheten? Varför inte? det är inte bara reserverat för Friedrich Nietzsche. Så länge jag minns detta faktum kommer jag att skriva. Så länge jag förmår vara medveten om min egen närvaro kommer jag att skriva. Eller tills pennan tar slut. Varken pennan eller jag kan förutse vem det blir som först tar slut.

Jag antecknar här och nu. Jag antecknar det jag ser, det gör jag snabbt för mina ögon liknar en omskakad kamera som kan stelna när som helst - och sedan slockna. Det är inte fördenskull jag skriver nästan uteslutande i presens. För mig är det förflutna bara ett begrepp som jag endast förmår definiera, knappast fylla på med något innehåll. Meningarna jag lämnar efter mig är det enda förflutna som kan skapas, men inte mitt förflutna, inte för mig. Med presens, knappast med perfekt - med en stor möda - skapar jag preteritum med ett möjligt pluskvamperfekt. Inte för mig, jag kommer inte att kunna läsa det.

Jag är medveten om framtiden, jag kan fylla den med innehåll men vill inte göra det, det är ingen önskad framtid. Framtid som kan reduceras till ett enda ord - som kan liknas med mörkret eller stumheten men som inte än är döden utan föregår den - är inte önskad.

Beträffande min korta framtid skriver jag följande: **framtiden når inte till mitt sista skrivna ord, utan tills det första ord som jag inte lyckas skriva.** Då fortsätter en kort framtid för Någon Annan och når tills dennes första ord som den inte lyckas skriva.

När den riktiga bortgången börjar blir den inte igenkänd av de döende. Inte heller av mig när jag blir det - döende. Det blir döden utan ont, just som det här livet utan minne, som fiskens stumma gapande på det torra. Det blir inget lättnadens skrik. Inget skrik! Likgiltigheten råder såväl i livet som i döendet.

Det jag benämner som nutid kan redan vara framtid för den Icke-existerande Utomstående. Det jag benämner som nutid kan redan vara dåtid för den Icke-existerande Utomstående. Jag vet absolut inte vilket år det är nu så det är kanske verkligen en framtid jag rör mig i. Jag vet inte vilket år det är nu så det är kanske verkligen en dåtid jag rör mig i. För att undvika det absoluta "kanske", säger jag att det jag rör mig igenom är nutid, min egen sådan. Det finns bara en sak jag syftar på, det enda målet som jag inte heller minns varje dag, som ändå driver mig att fortsätta, likt instinkt som driver en insekt. Detta mål står skrivet på <u>min</u> hand nu. Från den ena handen till den andra!

Ibland minns jag inte vad det står skrivet på min hand, utom om jag av en slump ser på det, som jag gör nu, och förstår till och med varför jag antecknar det jag ser och hör. Det händer under mina ljusa stunder. Mina ljusa stunder! Det finns faktisk ganska många sådana, men de minskar till antal, både snabbt och grundligt, och som det ser ut nu kommer det att accelerera mina ansträngningar till trots! Jag glömmer således snart och ofrivilligt det - det som står skrivet på min hand. Sedan glömmer jag allt - det är en utdragen amputation.

Förresten spelar det ingen roll om jag vet vad som står skrivet på min hand. Just nu är det inte heller viktigt för Någon Annan. Jag minns inte vem Någon Annan borde vara. Det är okej, snart kommer jag inte minnas eventuella existensen av den. Någon Annan kommer att hitta mig, det vill säga min med alla dessa tydliga bokstäver täckta hand. Den kommer att förstå vad den måste göra. Då kommer det att vara viktigt för den, det vet jag eftersom jag är Någon Annan, för närvarande. Eller min hand kommer att hitta den, att söka sig till den. Blir min hand utsträckt mot Någon Annan, eller redan livlös liggande på denna gatan kvarstår för Någon Annan att se. Inte för mig, jag vet enbart att det kommer att ske, snart.

Jag misstänker att jag inte går åt rätt håll eftersom den Någon Annan jag kommer att möta eller blir bemött av finns sannolikt inte framför mig. Det är jag som står närmare i kö. Ju längre jag går desto mindre tid kvarstår, tiden är varken till dennes eller min fördel. Jag borde kanske vända om men jag fortsätter till gatans ena ända och därefter kommer jag att gå tillbaka till dess andra ända. **Så långt om framtiden.**

Innan dess går jag långsamt den här långa och förfallna gatan fram, skriver hastigt och korthugget om människorörelser eller människostelhet, alla de

nämnda diverse föremåls orörlighet, de användbara
men inte längre använda saker och tings finnande -
nu ett meningslöst finnande. De människor som ger
dessa föremål mening försvinner långsamt nu, först
i sin egen glömska, sedan i döden. På samma sätt
som det ökande fysiska avståndet från dessa
föremål minskar deras faktiska storlek, så minskar
deras tilltänkta användbarhet med den obestridda
glömskans framåtskridande.

Nu rör jag mig igenom ett rum vars omkringirrande
intetsägande människoögons blickar är berövade
medvetenheten om att jag är den ende som
någorlunda minns dessa föremåls praktiska syften,
men kan inte sätta dem i gång. För mig blir dessa
människovarelser och dessa av människan skapade
föremål av yttersta vikt och jag anstränger mig
krampaktigt att hålla mina ögon och öron, mitt
luktsinne, till och med känselsinne på dem, jag
känner då och då på dem genom att skaka deras
händer, att stryka genom deras hår, sätta handflatan
på deras kalla pannor eller helt enkelt dra med
fingerspetsen över deras ögonbryn; eller att känna
på dessa föremåls hårdhet, former, färger. Jag ser nu
en folkmassa som går omkring på gatan och inte
lägger märke till varandra, som inte hälsar på sina
eventuella nära och kära, vänner eller bekanta. Och

om det kunde finnas en Utomstående här - Utomstående betyder att vara befriad av vår gemensamma åkomma - skulle det verka för den som om folk inte ser, inte vill se; eller inte känner, inte vill känna dem de möter; eller som om de är arga på varandra, eller som om de är upptagna med problemlösningar som inte går att skjuta upp. Det finns ingen Utomstående i den gudsförgätna människostaden - ingen som skulle feltolka den värld vi vegeterar i. Behövs den? Behövs det? **Vi kan ändå inte lura någon!**

På något paradoxalt sätt är vi inte blott en massa. Långt härifrån finns det tveklöst en annan värld som av alla upplevs som en enda gemensam värld, kanske med samma värdegrund, på gott och ont, här däremot finns det så många världar som det finns människor och ingen vet något om den andres värld, ingen undrar om den andres värdegrund, den andres livsåskådning. Dessa världar kolliderar inte utan ett kosmiskt kaos råder här, en harmoni som upprätthållits av glömskan och stumheten.

Eller: det är inte alls paradoxalt!

Då och då nickar ändå någon mot någon, det uppfattar jag som hälsningstecken. När jag känner då och då igen någon man eller kvinna, eller jag tror att jag känner dem, då hälsar jag - fortfarande med ord. Jag undviker att nicka, jag vill till fullo utnyttja det privilegiet att jag fortfarande kan tala. Jag får nästan aldrig någon respons i form av tillbakablickande eller nickande och aldrig i form av de talande orden. De få nickande kan ändå skatta sig lyckliga för de kan fortfarande om ens svagt känna igen några av sina släktingar, sina vänner eller till och med någon bekant, som jag gör. Språket kan de som sagt inte använda, glömskan följs av stumheten. Det finns inte några röster i form av hälsningsfraser, inga röster att utrycka glädjen, eller sorgen eller humor, inga röster i vredesmod. Ja, till och med vredesröster har tystnat. Stumheten blir det enda språket till slut.

Den omöjliga uppgiften att tala hör till mig nu, det är min givna visstidsanställning, knappast med möjlighet till förlängning.

Tala? Med vem?

Vissa jag ser orkar inte gå utan sitter eller ligger där mitt på gatan, på trottoaren, på eller i de överallt rätt -eller felparkerade bilarna där några av dem fortfarande har strålkastarna på och vars motorljud hörs medan de sista bensindropparna ostoppbart försvinner. Några motorljud tystnar - hostande - i och med det släcks strålkastarnas ljus. Lika är det med människorna här, rösterna tystnar, blickarna mörknar. Så blir det också med mig - snart. Under den tiden försöker jag att undvika att trampa på de sittande och liggande.

Jag har fortfarande ett skarpt luktsinne, urinlukten känns just nu, folk häromkring kissar på sig. Jag känner värme mellan benen, sänker huvudet och ser att det är jag som kissat på mig. Det känns bra så länge urinen är varm. Jag känner igen en före detta kroppsbyggare, han står orörligt mitt på trottoaren och tittar någonstans i fjärran, han kissar på sig, det måste vara stora mängder urin han kastar ut, fläcken på byxan ökar med stor snabbhet. Han är täckt med ett rött täcke, vilket sticker ut i den gråa omgivningen och påminner mig i min tillfälligt ljusa stund om en svart-vit film av Dušan Makavejev där en del av scenen eller närmare bestämt ett föremål i den - blodet, vill jag minnas - är rött färgat. Det gör min röda penna med - en rörlig röd fläck i den gråa miljön. Det finns några täcken till, vilt spridda på trottoaren, omkring kroppsbyggaren och jag tar ett för mig för säkerhets skull. Jag vill komma honom närmare och säga några korta uppmuntrande ord

men vågar inte göra det. Att beklaga över hans öde
har jag inte tid, det som han går igenom är en
stabilt oskriven regel här, inget undantag; snart är
han död som många andra, av hunger eller nattens
eller morgons kyla eller vem vet vad - det finns
många orsaker som påskyndar döden. På så vis
förkortas agonin - en passiv sådan - **dödskamp
utan kamp**.

Denna sjukdom är inte smittsam men verkar som
om den är det. Jag kan inte mycket om sjukdomar -
jag vet att jag inte är läkare fast jag är osäker om
mitt eget yrke - men den här kan jag namnet på,
den är på sin allra högsta höjd nu. Folk lider av
minnesförlust och med det kommer andra förluster.
Det är en notorisk sjukdom nu, men ändå gåtfull.
Jag lider av samma åkomma och jag lider genom att
se den hos andra. Det finns ingen mening med detta
och jag vill inte vara i freds med detta i min sista
stund. Att det inte finns en mening med livet här
kan jag leva med det - för livet är en fördom här -
men inte med vetskap om dödens absurditet i
allmänhet och med den omkring svävande dödens
meningslöshet i synnerhet.

Jag behöver tröst. Det räcker inte att bara gå och
anteckna och lämna ett vittnesmål av en namnlös

man efter sig. Jag kommer onekligen att fullfölja denna uppgift men det måste inkludera hoppet på att ta farväl av någon - av världen! - i vilken form som helst, antigen genom det slutgiltiga gråtet eller skrattet till farväl. Katarsis! Blotta tanken på att det inte blir så förstärker min redan etablerade oro och outsagda sorg. Eller: kan faktumet att alla födda blir dömda till döden redan vid sin födelse bli till tröst? Nej! Vem vill inte bli född om den redan är född. Den ofödde behöver ingen tröst - lika som de döda. Född betyder död! **Varför skrattar vi inte utan gråter när vi födds?**

Men att inrista sin kvarstående energi i något långvarigt - om än inte permanent - skulle leda till det eviga ljuset som får sin evighet av denna oförstörbara energi! Jag förnimmer en annalkande idé - bara jag känner igen den när den kommer.

Det är inte bara mina byxor, det är också min jacka som blir blöt - det duggregnar. Jag passerar förbi folk, folk passerar förbi mig, deras ansikten ser seriösa ut, ingen mimik hos en gammal, smal man med röd keps, inte heller hos en lika gammal men tjock man utan keps eller hos en obeskrivligt vacker medelålderskvinna utan skor eller en skallig kvinna i trettioårsåldern som tuggar något, antingen luften eller sin egen tunga. Eller regndropparna.

Jag går vidare. Det lätta regnet gör att den ljusgråa gatan blir mörkgrå, det passar mina känsliga ögon. Luften blir alltmer renare, friskare, regndropparna absorberar de osynliga dammpartiklarna och jag tror att jag känner ozonlukten i mina näsborrar. Jag kastar en blick bakom mig och lägger märke till att det är färre som står eller som sitter eller ligger på marken än tidigare trots att de nya stackarna ständigt dyker upp, fast de avtar till antalet. Varifrån dyker de här nya stackarna upp? Från ingenstans, tycks det mig. Eller från varsomhelst. Sättet till deras ankomst hit är lika obekant för mig som min egen är.

Jag ser inga barn eller ungdomar, undrar var de är. Att de inte befinner sig här gör mig glad. Var är de? Är det så att de är bortglömda för att inte någonsin bli födda? **En begraven framtid.** Eller är de undangömda för att en gång i framtiden återvända? **En uppskjuten framtid.** Hur som helst har jag ingen möjlighet att skriva om dem.

Inga hundar heller? Det skulle vara logiskt att se eller höra några gatuhundar på ett sådant ställe.

Brist på deras skällandes respons har kanske tvingat dem till att flytta någon annanstans. Maten finns inte precis i överflöd heller här. En hund skulle passa mig som aldrig tidigare. De vänjer sig snabbt till rutiner och att följa rutiner är något som inte bara skulle förlänga livet utan också göra det drägligare. Grundproblemet är bara att det inte finns någon som skulle skapa rutiner för dem. Hursomhelst har jag ingen möjlighet att skriva om hundar.

Jag är trött. Täcket är tungt, smutsen gör det tungt. Duggregnet gör det tungt. Min trötthet gör det inte mindre tungt. Jag är sömnig, täcket känns ännu tyngre. Mina axlar domnar av dess tyngd, mina fingrar stelnar av skrivandet. Jag övertar inga åtgärder för att underlätta mitt rådande tillstånd. Från den eroderade trottoarkanten lite längre fram tittar två stora, svarta, runda och vackra ögon på mig. De är bekanta. Jag vågar scanna hela ansiktet, jag kan inte erinras det, men jag plötsligt gillar det, bli förälskad i det. Först i ansiktet och sedan blir jag förälskad i hela den darrande kvinnliga figuren som närmar sig sakta till mig. Till Flower döper jag henne. Hon kramar om mig med sina kalla armar, jag kramar om hennes kalla kropp och gömmer den under mitt varma täcke. Hon darrar ännu mer och

först kort eller långt efteråt slutar hennes kropp
darra och jag känner dess sakta kommande värme
under mitt långa och smutsiga täcke. I stående
ställning hoppas vi att våra kroppar blir uppvärmda
... Egentligen vet jag inte om Flower hoppas på det.

Vi närmar oss en trappa medan det mörknar. Den
har en båges form och liknar en kort för länge
sedan övergiven gräsbevuxen bro. Några gestalter i
olika åldrar och av olika kön sitter på olika
trappsteg och stirrar orörligt mot gatan som om det
är en flod de tittar på. Under trappan ser jag gräset,
det är högt och grått som vatten under en bro.

Nu står vi under trappan, lätt böjda, som om vi
tittar mot gräset. Jag börjar göra det, titta mot
gräset. Det är skymningen och det är mörkare under
trappan och gräset är kolsvart nu. Jag är trött och
hungrig, det måste Flower vara med. Dessutom är
hennes ansikte oroande blekt vilket gör henne
skrämmande vacker. Ur ryggsäcken tar jag upp en
skorpskiva. En bit stoppar jag i hennes mun och en i
min och fortsätter göra så. Vi tuggar långsamt, jag
känner hur det svider i det ömma tandköttet.
Hennes ansikte avslöjar inte om hon känner
detsamma, det avslöjar ingenting. Jag ser på henne

och det är första gången, om jag minns rätt, jag önskar vara frisk. Jag önskar det henne ännu mer.

Hon tar inte sina svarta ögon från mig medan vi lägger oss som förtrollade ner på det svarta, mjuka gräset. Jag antecknar att det är snart natt och att allt borde höras bättre men inte här, här hörs knappast något. Pennan glider snart ur min hand och hittar sin plats mellan våra kroppar …

Det är mörkt nu.

....

....

Det är mörkt nu, jag faller i sömn … det är ljust nu, jag vaknar … Är det en eller två eller tio nätter som jag sovit nu, vill jag inte veta svaret på - solnedgångarna och soluppgångarna är inte observerbara här. Min stela kropp signalerar trotsigt antigen det andra eller det tredje alternativet. Ett sådant dilemma låter jag passera lika som min undran över de antal skrivdagar som står bakom mig.

Två stora, vackra ögon tittar på mig. Vems är dem? Mitt minne är i amputerandets sista fas ändå hör jag tydligt ett väldigt koncist samtal med ett sympatiskt ansikte prytt med två stora vackra ögon och två små fylliga röda läppar. En vass smärta genomborrar mitt hjärta, jag välkomnar den.

"Varför finns hjärtat?" hör jag henne fråga.

"Det finns nog för att slå", svarar jag skämtsamt.

"Men det slår stundtals långsammare och stundtals snabbare", hör jag henne säga.

"När slår det långsammare?"

"När det kallnar", svarar hon tyst och sänker blicken ner mot marken.

"När slår det snabbare?"

"När det älskar", svarar hon livligt och lyfter sin glödande blick upp mot mig.

"Och själen? Varför finns den?" hör hon mig fråga.

"För att vandra", svarar hon gåtfullt och jag ser i hennes ögon att hon förväntas ytterligare en rolig fråga.

"Och kroppen då?"

"Hjärtat är kroppen".

"Älskar man bara med kroppen?"

"Med kroppen och själen. Med hjärtat och själen", svarar hon entusiastiskt.

"Men själen vandrar", säger jag med en ton som signalerar till att det blir svårare för henne att hitta på någon replik.

"Ja, tills den möter sin älskade".

"Vad händer då, då?"

"Då leder själen den älskade till det väntande hjärtat".

Jag stänger ögonen medveten om mitt inbillade eller verkliga minne, öppnar dem igen och vänder huvudet mot dem på min axel vilande ögonen, de är stora, svarta, vackra och döda. Försiktigt sluter jag dem med min varma handflata - jag vet att den är varm för hennes skuggtäckande ögonlockar är kalla. Anteckningsboken och pennan ställer jag åt sidan. Jag täcker henne med mitt varma, smutsiga täcke och kysser henne i pannan, jag torkar två tårar innan de lämnar två fuktiga spår på mina respektive kinder.

Jag ångrar det. Jag reser mig upp. Jag torkar inte en enda fallande tår mer, bestämmer jag mig, jag låter dem rinna till sista tåren i min tårreservoar. Det är inte för att underlätta mitt eget öde utan en riktig sorg över den okända eller kanske bara glömda änglalika kroppen. Jag tillåter mig gråta ohejdat och omättligt, skyddad under den här sömniga trappan medan duggregnet av allt att döma övergår till mer intensivt regnfall denna morgon, medan Flowers livlösa kropp ligger nere på gräset vid mina fötter, medan dess själ vandrar tills den möter sin älskade och vars hjärta den aldrig kommer att förena med den hittade älskade. Jag sträcker ut tungan och fångar de kalla regndroppar som släcker min törst. Jag minns inte en enda kärlek jag har haft i mitt liv. Det sägs att man aldrig minns sin kärlek som det varit på riktigt. Om det är så förlorar jag faktiskt inte så mycket på min glömska av den.

Det har slutat regna nu och jag gråter inte mer. Jag böjer mig ner och plockar upp min anteckningsbok och penna, min ryggsäck från marken, reser mig stönande upp och går vidare med tunga steg tänkande på himmelen, solen och ett par ögon vars form, storlek och färg jag inte minns mer.

Betraktarens reflektion

Jag ligger i sängen - i ett möbelfattigt rum som inte uppmuntrar till någon fantasi trots sin tomhet och där jag bott i fyra eller fem eller hur många som helst veckor nu - undrande om jag har missat något.

Vad är det jag har missat i så fall? upprepar jag denna fråga minst fyra, fem gånger i timmen. All min tid jag tillbringat i den här fördömda staden har jag envist följt efter en ytterst besynnerlig, oavbrutet antecknande och allt mer långsammare och smalare människovarelse, inte helt övertygad om av vilken anledning jag gjort det.

Varför jag behöver den - övertygelsen? Har jag gjort allt i mitt liv med uppriktig övertygelse? Nej, det har jag säkerligen inte gjort, men jag kunde ändå förstå att någon eller något tvingat mig till att göra ett eventuellt arbete som inte gynnat mig på något sätt. Jag bet ihop tänderna och väntade på lämpligt tillfälle att slippa det jag var tvungen att göra. Nu då? Biter jag ihop tänderna och väntar på ett passande tillfälle att försvinna härifrån och rädda mig?

Jag är ingen *private eye*. Det här liknar inte någon detektivroman, här pågår inget underhållande, inget spännande. Jag är inte heller någon stalker, jag har inget förföljelsesyndrom, det här är inget jobb för en psykolog. Det jag gör gynnar inte mig på något sätt och ändå gör jag det som inte gynnar mig.

Jag har svårt att ta mig ur sängen av en enda bevekelsegrund: det börjar bli svårt att acceptera att bara äta och smyga efter någon. Dessutom har maten i kylskåpet halverats nu, dessutom går den jag följer efter allt mindre och sitter eller ligger allt mer.

Nu skriver den stackaren allt mindre. Jag oroar mig för hans hälsotillstånd, jag oroar mig samtidigt för detta faktum att jag överhuvudtaget tänker på honom, han är inte min släkting eller min vän, inte ens bekant. Vad har jag med honom att göra? Jag tycker inte ens om hans underliga verksamhet. Behöver jag lära mig något av den? Inte heller är jag förtjust i mitt nuvarande narraktiga handlande. **Ju mer jag förundras över och motsätter mig det**

**jag gör desto mer envist anstränger jag mig i
utförandet av det.**

Varför avbryter jag inte den här charaden? Vad är
det jag överhuvudtaget väntar på? Var har min
ofattbara nybörjarentusiasm tagit vägen? Varför har
jag glömt stänga kylskåpet? Varför bor en vuxen
man som jag ensam i en aldrig tidigare besökt
värld? Varför stirrar jag på mina avtäckta fötter en
stor del av den tid jag tillbringar här i det märkliga
rummet? Är det ett hotellrum eller är det ett hyrt
rum? Jag minns inte att jag betalat för det. Som jag
kan förstå har jag inget kreditkort så de har inte
tagit ut pengarna via det. Vem har lagt den tjocka
röda pennan på mitt bord? Den är likadan som den
mitt gåtfulle följeobjekt tar i bruk ... Jag har inga
kontanter heller. Varför uppfattar jag detta rum som
märkligt?

Jag minns varken datum eller orsak till min
ankomst här. Jag trodde att jag visste det. Det jag
vet är att jag är gift, att jag har en fru och fyra barn.
Jag är alltså en familjeman. Jag minns namn på min
kära fru och mina kära barn, jag kan föreställa mig
deras ansikte, men ibland förvandlas min frus
ansikte till någon annans ansikte, min kära systers
ansikte exempelvis; ibland kan jag inte sätta rätta

namn på mina barn, ibland är det ena med sina tydliga ansiktskonturer som heter Anna, ibland är det det andra med helt olika ansiktskonturer som heter så.

Jag börjar få minnesproblem, verkar det som. Det provocerar fram en extraordinär vrede inom mig. Det finns ingen levande - de på gatan kan inte tas till hänsyn - som jag kan låta min vrede gå ut over. I brist på sådana avreagerar jag mig då och då på en eller två kaffekoppar eller vattenglas genom att kasta dem på väggen, eller genom att slå hårt och upprepade gånger med knytnävar mot den löjligt höga skohyllan där i förrummet (konstigt nog större än vardagsrummet) eller genom att kraftigt stänga dörren till toaletten efter mig. Jag har bestämt mig att med full medvetenhet följa allt jag gör och akta mig från rutinmässiga drag.

Jag går till kylskåpet, öppnar det, tar fram och drycker en inte så speciellt kall mjölk direkt ur förpackningen. När jag är klar med det lämnar jag mjölkförpackningen tillbaka i kylskåpet och stänger dörren till det, fullt medveten om alla steg jag gjort. Knappt en minut senare går jag till förrummet och tar på mig skorna, låser upp och därefter öppnar lägenhetens utgångsdörr och till sist går ut. Jag låser dörren efter mig. Jag tar inte hissen, inte för att jag bor på första våningen utan för att den är ur funktion. Det vet jag av min erfarenhet, inte genom någon uppsatt papperslapp på hissdörren.

Anteckningsmannen lever nog fortfarande där ute.

....

....

Det luktar bränt.

Ur
Svarta anteckningsboken

Epitaf! skriker jag detta ord. Eller det bara ekar i mitt huvud? Epitaf!

Epitaf! Nu förstår jag att idéen äntligen har kommit fram till mig: att skriva min egen epitaf! Det blir min sista idé, vet jag. Jag har inget emot det under förutsättning att den blir förverkligad, det är bättre än tre till oförverkligade. Jag är inte frisk, jag är obotligt sjuk - det vet jag eftersom jag känner till namnet på sjukdomen - och har inget möjlighet att njuta av den kreativa processen, **nu när min skaparförmåga är decimerad är det endast resultat som gäller.**

Att det inte blir någon grav för mig gör det ingenting, dessutom får jag inga brev vilket antyder att det inte blir någon besökt grav - inga blommor, inga tårar ... Jag kommer att samla de sista oskadda resterna av min hjärna, sätta dem i funktion, sysselsätta dem med att hitta på några läsvärda minnesord om mig själv och skaffa en passande tavla att skriva dem på.

För den idéens förkroppsligande krävs inget särskilt yrke så att jag inte minns mitt eget blir inte avgörande. Förresten ser jag inte så tragiskt på det att jag inte minns min profession. Jag har ingen press på mig som om jag skulle ha den om jag hade behållit minnet av den. För den mest omtyckte läraren skulle bara minnet av en enda missnöjd elev försvaga minnen av alla de nöjda. Detsamma kan sägas för en läkare och dess patienter, en författare (en journalist) och dess läsare, en fotbollsspelare och dess supportrar, en bokförare och dess klienter, en bagare och dess kunder, en busschaufför och dess passagerare. Alla dessa yrkesutövares epitaf skulle innehålla en liten, svart inristad minnesfläck som skulle förringa deras trovärdighet i viss mån. Så jag vet vad som inte krävs för att förverkliga min idé, men jag vet inte vad som egentligen krävs för att göra det.

Epitaf - vilket lysande ord! Jag välkomnar mina ljusa stunder! Bara de håller i sig så länge det behövs. Utnyttja dem till fullo blir mitt inre imperativ!

Jag hör en röst! Jag tror inte mina öron, det är någon som talar. Jag ser en äldre dam längre fram till vänster om mig som sitter i en rullstol. På huvudet har hon en svart mössa prydd med några gröna prickar, hennes ben är täckta med ett rent täcke och läsglasögonen vilar på hennes bröst. Jag sätter mig på marken tätt intill henne, lägger försiktigt min vänstra hand på hennes varma högra axel medan jag håller pennan i högra handen och låter den öppna anteckningsboken vila på mina knän tåligt mottagande ordströmmen.

"Min son, min son, titta hur Maxim har renoverat huset ... Vad? Inte i hemlandet? Ja, men det nya landet har brett ut sig ... Demens? Alzheimers? Visst vet jag vad det betyder? Vad? Vad tycker jag om det? Säg inte så! Säg inte sååå! Någon kan höra det och skratta åt mig! Tala bakom ryggen på mig! Har du hört mig?! Har du hört mig?! Okej, okej, du försöker bara skoja lite. Hej då! ...

Hej! ... Tycker du det? Så naiv du är! De går bara omkring ... glider omkring ... en ansiktssida har de, den andra ... har de inte. Vad? Deras hår? Hår?! Så naiv du är! Hår, hm! Är du konflikträdd? Eller står du på deras sida? Har de köpt dig, har de köpt dig, min son? Jag vet, jag vet ... och du är min son ...

och jag älskar dig med … och jag blir så glad, så lycklig när du kommer, när din bror kommer, när alla kommer. Du kommer oftast. Inte de andra. Ja, ja, han, din bror, kommer också oftast. De andra låtsas inte kunna veta språket … Nej, nej, de kan det, de är listiga. Titta, hur han ler! Död? I två år? Ja, det vet jag … Men på fotografiet ler din pappa ändå. Han är död och han ler …   Till och med i döden tror han på livets njutning. I går kväll var de alla här. Vilka? Hur då vilka? Både de döda och de levande. Nej, inte han. Fotot lämnar er pappa aldrig … Vet inte jag. De säger inte det och jag frågar inte vem som är död och vem som är levande, de är här och det räcker. Nej, inte så mycket … de bara går omkring. Det finns en som inte är snäll, den långa och smala unga kvinnan, kastar mig från sängen på golvet och sen tillbaka i sängen. Det gör ont i knäna! Inga blåmärke? Det ser jag och själv fattar ingenting. Ja, det var kanske en dröm, mardröm … De gör det också i drömmar, mardrömmar. Det finns en seriös och snäll man, han försvarar mig. Gör inte så mot kvinnan! Skäms du inte?! Din häxa! säger han. Aha, nu är du rädd! Ja, fyra bröder har hon! Jag berättar för dem vad du gör mot den stackars kvinna … Hon backar, hon är inte så lång längre, men smal är hon fortfarande. Hon vågar inte närma sig mig, utan, så kort och liten som hon nu är, låtsas göra något seriöst, småsjungande och visslande medan hon i smyg plockar mina nyaste klädesplagg och skor, finaste handskar, strumpor och kökstrasor. Ta det bara du! Ta allt! Ta allt, din fattiglapp, men ge det till dina barn!

Ja, fyra bröder och två söner har jag! Vad? Bara två nu? När? Tiden flyger iväg så snabbt. Och min pappa? Sextiosju år sedan? Och vår mamma? Ja, ja, jag menar min mamma. Jag har ropat på henne hela natten men hon svarar inte. Vad är det för mamma som inte svarar på sitt barns rop? Fyrtio år sedan? Säg ingenting mer, min son! Så ledsen blir jag då ... Sorgen genomtränger hela min kropp och själ, det gör ont i hjärtat ... Formulerar mig bra? Tack, mina söner, det är väldigt sjyst av er när ni säger så, men vad är så konstigt med det? Har jag inte alltid varit sådan, vältalig? Visst måste ni erkänna det! Visst vet ni det! Hela natten har jag ropat på er men ni har inte svarat en enda gång. Hemskt var det! Fruktansvärt! Varför? Jag trodde att ni hamnat i en fälla".

Nu är hon tyst, tyst i samma värld - <u>sin</u> värld - vilken hon <u>egentligen</u> befinner sig i. Det är bara hennes kropp som vilar här. Det är bara hennes ord som ekar i den värld <u>jag</u> befinner mig i. Hennes ord hör inte till dess sammanhang, de är som ett ljus från fjärran som belyser bara där det lyser och här endast ses som på en stum rörlig bild vars effekter är obefintliga eftersom de inte får mina minnen tillbaka. Ändå sitter jag här i närvaro av den här äldre dams frånvaro, fortfarande medveten om min egen glömska som inte tillåter sig vara till någon hjälp. Glömskans glömska - ärkeglömskan - träder i kraft senare, när min kraft lämnar plats åt den och när jag ger upp hoppet utan egen vilja, men nu, när det finns kunskap om min egen glömska får jag ingen möjlighet att ge upp hoppet om den "märkvärdiga hjälpen".

Vem är hon?

Vem är den här kvinnan vars varma kropp knyter an till ännu ett inbillat minne av ett varmt hav där det osmakliga och ljumma saltvattnet fyller munnen på en simokunnig nioårig pojke som, panikslagen, tror att han tittar i solen för sista gången i sitt alldeles korta liv, krampaktigt viftande med händerna och benen under havsytan, då den förvrängda och oskarpa solbilden plötsligt och välkommet skyms av en kvinna - en ung mammas vackra ansikte - som snabbt tar i pojkens hand och lyfter upp honom i luften, i

solen som får tillbaka sin ursprungliga form och klarhet?

Jag reser mig upp, kysser i kinden, pannan och händerna på den frånvarande kvinnas närvarande kropp. Hennes näsa är kort för hennes ålder och den gör henne mindre gammal. Jag vet inte hur jag själv ser ut men tror inte att det finns något hos mig som gör mig yngre. Det finns ändå inte någon som skulle observera det om det funnits något sådant. Men denna kvinna är här, det är något exceptionellt med henne som väcker mina misstankar om mig själv. Har det varit jag som suttit här, tätt intill henne och talat med henne utan att jag förstått det, utan att jag hört min egen röst? Vad för hemlighet gömmer hon i sina gråa ögon? Gällande bara henne? Gällande bara mig? Gällande båda oss? Har min egen röst blivit det avlägsna ljuset, de stumma fotografierna vars "märkvärdiga hjälp" jag ändå hoppas på? Jag faller med hela min kroppstyngd ner på mina knän, lägger huvudet i kvinnans knän, omfamnar dem i min patetiska ställning och blundande och leende andas in alla de antingen inbillade eller från det förflutna komna dofterna, allt från de olika soltorkade frukters dofter till timjans, myntans och basilikans dofter. Jag gråter igen i min ljusa stund, det är glädjetårar den här gången; nu njuter jag i min egen glömskas fantomsmärta vars existens jag inser och vars verkan jag känner och tror fast på nu, som tröstar mig inför det annalkande resoluta slutet. Det är det hoppet som måste inkluderas, hoppet på att ta farväl av någon, av någon men inte av vem som helst utan av den som öppnade mitt inträde i livet. Här upplevs katarsis! Här blir ingen plats för oron över den outsagda sorgen.

Är det döden eller den döende som ger den önsketänkande meningsfullheten åt sig själv nu?

Mörkt.

....

....

Ljust!

Jag försöker komma på något stilfullt och gåtfullt när jag tänker på min epitaf. Jag kommer överraskande snabbt på en tillräckligt acceptabel sådan och skriver den omedelbart i min anteckningsbok, sedan, när jag hittar en liten tavla, skriver jag av min epitaf på den.

Mörkt. Ljust! Mörkt. Ljust! Nu är jag åter medveten om min närvaro på den här gatan, fast jag är inte säker om jag går framåt eller bakåt i förhållande till den ursprungliga utgångspunkten ... Mörkt. Ljust! Mörkt. Ljust! Mina ljusa stunder blir kortare och kortare, den nuvarande blir förmodligen den kortaste, den sista ...

Det känns lite sorgligt om inte tragiskt att jag skrivit en egen epitaf, nu när jag samlat ganska mycket av min egen och andras erfarenheter i livet, nu när jag borde använda all den erfarenhet till att komma med något eget att bjuda världen på. Det känns inte heller bättre att göra det innan erfarenheten samlats, innan man kommit till den livspunkten att bjuda något "eget" till världen.

Mörkt. Ljust!

....
....
....

Mörkt.

Ljust! Nu känns det som att allt blivit *borta med vinden* ... Borta med vinden blir jag snart med. Då

kommer jag inte att gråta, det har jag redan gjort,
det görs redan när man föds ... när man för första
gången kommer ut i ljuset. **In i mörkret går man
tyst.**

....

....

... födelsens skrik ... dödens tystnad...

... det enda jag känner, det enda som finns omkring
och ... inom mig är ... kyla ...

... det enda jag tänker på, det enda jag så desperat
behöver är värmen ...

 ... hettan ... elden ... den tilldragande elden ...

... ta ingenting ...

... lämna ingenting ...

lämna boken ... lämna pennan ... döden får
ingenting

....

....

... min hjärna har ätit upp mitt liv...
... sig själv ...

... epitaf ...

... anteckningsboken ... pennan ... energin ...
... återskapa? ... **hoppa** ...

... **i** den tilldragande **elden** ...

Betraktarens upplösning

Jag tittar men ser knappt mitt ansiktes spegelbild i skyltfönstret, försöker urskilja dess drag genom röken som sprider sig överallt. Jag ser att det är smalt, att mitt hår är tunt, att mitt skägg är tjockt och undrar om jag har förändrats eller om jag förblivit sådan innan jag landat här. Det är svårt för mig att minnas mitt utseende från tidigare och ännu svårare att fortsätta titta på min spegelbild eftersom röken börjar irritera mina ögon, jag blir tårögd och blinkar desperat med ögonlockarna, ... fortsätter gå vidare.

Jag förstår att jag rör mig mot rökens källa, det gör jag motvilligt men lider brist den nödvändiga mentalstyrkan för att vända om för att skydda ögonen, näsan och halsen. De flesta levande och döda jag ser ligger på gatan eller på trottoaren, det tycks mig som om de levande ligger på magarna och de döda på ryggarna, det lilla av det rena förnuftets logik jag fortfarande besitter kan inte dra en mer rimligare slutsats.

Jag fortsätter följa denna logik och börjar gå på alla
fyra, andas lättare medan jag vaket och med - i
vilken mån omgivningen tillåter det - öppna ögon
tittar fram och förväntar mig komma till något om
inte helt meningsfullt då så pass viktigt för att
fokusera min uppmärksamhet på, något att
sysselsätta kroppen och hjärnan med: ett övergivet
föremål, en vissen blomma, kanske en någorlunda
levande och aktiv djur- eller människovarelse, vad
som helst, vem som helst som kan mjukgöra den
intensiva känslan av övergivenhet som hänsynslöst
upplöser hela min integritet och samtidigt i denna
stund bidrar - om än tillfälligt - till en kommen
förståelse om vem jag egentligen är, var jag
egentligen kommer ifrån, var jag egentligen
befinner mig, hur jag lurats komma hit, hur jag
lurat mig komma hit, hur jag lever i och hur jag går
genom den av mig själv skapade värld som kan
jämföras med denna maskhål- eller tunnelliknande
väg jag tassar fram på alla fyra. Mamma, mamma,
min lilla mamma var har din son hamnat? skriker
jag desperat några gånger innan - det är jag
medveten om - den insynen försvinner, lika plötsligt
som den har kommit.

Jag ser en svart bok och en röd penna lite till
vänster om mig. På samma sida bara lite längre

fram ser jag oigenkännliga rester av en nerbränd byggnad, känner lukten av bränt kött och okända lukter av olika brända föremål, försöker att inte tänka på den obehagliga synen och de vämjeliga lukterna utan plockar upp anteckningsboken och pennan från trottoaren, öppnar boken och läser följande:

Ovanför marken du står
vilar svävande
min glömskas osynliga smärta.
Nyfiken?

Jag reser mig upp, med ett par korta rörelser justerar ryggsäckens ställning och börjar gå, tittande rakt fram, till höger, till vänster och skriver i den upphittade svarta anteckningsboken med den röda tjocka pennan. Nu är det nuet som gäller.

Nu är det fokus som gäller på den långa och breda gatan som allt mer tappar det utseende en gata definieras av - av dem som projekterar gator, av dem som bygger dem och av dem som nyttjar eller borde nyttja dem. De som nyttjar eller borde nyttja denna gata antecknar jag om, de som är glömda av sig själva men inte av mig så länge det går, tills jag glömmer mig själv. Och när jag gör det dyker det upp Någon Annan som läser från min hand det jag bestämmer mig skriva just nu, med fint formade och lättlästa bokstäver, så dessa människor aldrig blir fullständigt glömda. Finns det viktigare anledning till mitt starka driv för denna verksamhet? **Hur ska jag slippa göra det när jag måste göra det på grund av den här ädla anledningen.**

Apatriden och den förvirrade hunden

Ett: Apatriden

Alldeles plötsligt börjar han skaka av feber och är tvungen att stanna kvar i deras hem. Det känns ovanligt och det ovanliga är inte bara det plötsliga utan att det är första gången han blivit sjuk sedan han börjat vandra. Visst är sjukdom eller skada mycket farligare för den ensamme än för den som inte är det - man är tvungen att klara sig på egen hand - ändå har han under sin vandringstid börjat tro att ensamheten framstår som något slags immunitet mot sjukdomar. Av rädslan att det inte finns någon att hjälpa till vägrar hjärnan låta kroppen bli sjuk. Och nu, när det finns någon i närheten, har hjärnan kopplat av efter en så lång tid och låtit kroppen kämpa emot.

"Låt kroppen kämpa emot!" säger hjärnan.

Samtidigt har han haft tur. Han är inte ensam nu. De ovanligt bemötande och lugna syskonen hjälper honom att lägga sig i sängen och ger honom ett täcke.

För mig har det alltid varit viktigt, tänker han nu medan han blundar och känner att sömnen långsamt omsluter honom, att inte hamna i en sjukdom som inte tillåter att kämpa emot. Jag har hamnat i och samtidigt skapat en värld som på en gång finns parallellt och blandas med den stora och inte mer verkliga. Jag är medveten om det! Min värld har ett innehåll, den är ingen illusion. Den är inte tom! Om den varit tom skulle jag varit sjuk. Jag skulle ha lidit av en sjukdom som jag inte skulle kunnat kämpa emot.

Hur kan han vara säker på att hans värld inte är en illusion? Ja, han har träffat tusentals och tusentals som han. Vi blir fler och fler. Vi är realitet! Det är bara så att jag distanserat mig fysiskt från dem. Mitt ego tillåter sig inte kategoriseras! Det är både min svaghet och min styrka.

Det var igår kväll han smög in i huset. Stormen var så våldsam att inte ens den täta skogen kunde skydda honom. Huset var egentligen en stuga och om han vetat att den inte var övergiven hade han inte gått in. Dörren var olåst och han steg in utan att knacka på. De sov och kunde inte höra honom och han kunde inte se dem för det var fullständigt mörkt. Det enda han kunde göra var att stänga dörren efter sig och lägga sig ner på golvet bredvid den. På morgonen fann de honom sovande, hopkrupen på den tunna och bleka dörrmattan. De var varken särskilt rädda, för han sov, eller förvånade, för det var inte konstigt med objudna gäster efter ett sådant oväder; och när han vaknade kunde de snabbt hitta ett gemensamt språk. Danilo hette han och värdarna Julia och Oliver bjöd honom på en kopp varmt te och ett par skorpskivor med björnbärssylt.

Han var vandrare, han vandrade ensam och inte ens en hund hade han i sitt sällskap. Därefter sade han att han betraktade världen och händelser i den men höll sig utanför. Han såg inte heller sig själv som något vittne. Aldrig hade han papper och penna med sig; dock kunde det då och då hända att han skrev en eller två tankar med en tegelstensbit på någons gärdsgård, ett träd eller en gata - bara så där, i förbigående. Danilo sade vidare att han ville vara ensam, vilket inte betydde att han gömde sig från folk: han vände sig till dem om så behövdes och bemötte dem om de vände sig till honom. Det hade inte alltid varit så, men nu var det så; och det störde inte honom nu lika som det inte störde honom när det inte varit så. Han berättade för dem att han gick långsamt, att han kunde gå långt till fots och att tunga skor inte var honom till besvär. Aldrig och ingenstans under de sista tre åren hade han bråttom, vilket var en förklaring till varför stormen hann honom några kilometer innan han hann komma till närmaste bebodda platsen. "Att aldrig komma fram är det viktiga för mig." Han hade inget pass, men kunde röra sig fritt från en till en annan stat.

"Hur lyckas du med detta?" frågade Julia.

"Fråga inte", svarade Danilo, "ibland är jag mycket skicklig". Sålunda kunde magi och illusion vara till hjälp. Han sade att en dag för tre år sedan suddades hans land bort från världskartan.

"Suddades bort?! Hur är det möjligt?"

"Visserligen är jag magiker men det är bara de stora magikerna som kan göra så." Därför bestämde han sig för att ge sig av. "Om jag inte kan finnas där, då ska jag finnas överallt", sade han till slut.

Sedan berättade Julia att hon och hennes storebror bott i stugan i mer än tre år; att de bodde ensamma här och att det passade dem. Hon tyckte det var intressant att han hade vandrat lika länge som de hållit sig till den här platsen. Av denna anledning förväntade sig syskon- paret att han skulle berätta för dem lite mer om sig själv.

Men Danilo gjorde inte det. Han hade sagt exakt så mycket han avsett att det skulle vara nödvändigt. Efter att han hade druckit färdigt teet reste han upp sig med avsikt att fortsätta sin väg. Han var en vandrare och stannade aldrig någonstans längre än en natt. Då började han plötsligt darra av feber och blev tvungen att stanna kvar.

Han har druckit upp ytterligare en kopp varmt te och nu är han täckt med två täcken. En främmande kvinnas ljusblåa ögon betraktar honom, vänligt, men han ser en ovanlig glimt i dem. Vackra är de också. Allt omkring honom ser vackert och behagligt ut. Allt omkring känns bra, det är bara han som inte mår bra. Han hör ytterdörren öppnas, det hörs knappt men ändå hörs.

Till ett mjukt leende förvandlas Julias ansikte, det är hennes bror Oliver som går ut. "Min bror har gått ut och tagit sin brukliga förmiddagspromenad", säger hon. Hon lägger sin vänstra hand på främlingens panna och fastslår att febern verkar ha försvunnit.

"Är det redan eftermiddag?"

"Nej, det är fortfarande förmiddag", svarar hon. Hennes röst behagar Danilo. Han vill fortsätta lyssna på den och hoppas på att hon kan läsa önskan i hans ögon. Det verkar som om hon kan göra det. Hon fortsätter tala med viskande röst: "Jag har bara Oliver och han har bara mig. Ingen annan finns i den här världen för oss. Vi behöver lika mycket varandra. Och vi båda behöver ensamhet; han på grund av sin rädsla, jag för att skriva."

Danilo känner hur värmen stiger i hans kropp. Julia talar nästan utan paus och han upplever det som om hon småsjunger. Han skulle vilja veta mer om hennes skrivande men är rädd för att hon kunde uppleva det som påträngande och frågar inget.

Hon lägger däremot inte märke till hans önskan och fortsätter berätta om Oliver: "Min bror lider av rädsla att han närsomhelst kan bli knivskuren. Han är en som aldrig förmått motsätta sig någon eller något. Sist sårades han så illa att han nästan dog. Alltid var Oliver de olyckliga omständigheternas offer. Det är sant! Men han tror fortfarande att allting varit välplanerat och det är omöjligt att övertyga honom i det motsatta."

"Men hur mår han nu?"

"Han mår bättre nu, vi bor ju ensamma här. Hans rädsla har nästan försvunnit. Sedan vi flyttat hit har vi inte talat om vårt tidigare liv; Oliver vill inte och jag lyckas undvika det, för hans skull."

De hör att Oliver kommer in i den rymliga stugan. Han går in i rummet och säger att han glömt sina glasögon. De ligger på fönsterbrädan. Ett mjukt leende är fortfarande på Julias ansikte men hon har slutat tala. Oliver tar långsamt näsduken ur byxfickan, står så en stund och torkar glasögonen, efteråt lämnar han stugan igen.

Danilo darrar inte längre, han skulle kunna somna; han minns inte när han var så utmattad sist. Julia går bort ifrån hans säng och lämnar rummet. Han sluter ögonen

Någonstans mellan sömn och vakenhet tänker Danilo: Det absoluta nuet! Och allt är ovisst till följd av det. Kommer det att bli som i en berättelse eller som i livet vet jag inte. Jag har vandrat i tre år nu. Jag själv är rädd för det vissa - den färdiga berättelsen. Lika som jag hade rädslan i det gamla livet, har jag också den idag. Rädslan är bara annorlunda nu, jag skulle inte vilja bli av med den. Det är rädslan för slutets närhet, för den berättande slutgiltigheten, för själva slutet. Det vissa kan leda mig till slutet. Därför gå långsamt bara! Inga tvärvägar! Det är mitt inre imperativ. Varför ska jag befria mig från den nya rädslan när den förstärker mig i min kamp mot den gamla? brukar han resonera. Varje gång han ställer sig inför denna fråga växer hans tro på att den nya rädslans långvarighet och styrka gör honom mer uthärdlig. För om han inte hade kunnat utplåna den när det behövdes kunde han åtminstone förvandla den gamla till den nya. Jag vill inte bli en annan människa utan bara leva med den nya rädslan, den mer passande, tänker han nu som han tänkt under de sista drygt tre åren. Samma människa, befriat genom rädslans nya innehåll!

Däremot fortgår allt genom Danilos ständiga självtvång, en rutinerad medvetenhet om en konstruktion. Det är väldigt lätt att hitta ett exempel på detta i en tillsynes banal händelse som skett nyligen. Vid den tidpunkten kände han sig alltmer trött på den ständiga vandringen. Kroppen var på väg att ge upp. Medan han var på väg att passera en stor stad i ett vem vet vilket land glömde han för ett ögonblick att han gick mållöst. Han glömde att brådskan var det som han ville undvika. Natten var mild och himmelen var klar, och gatan var tom när han fick se en ljusblå cykel slängd på trottoaren. Eftersom staden var stor var han inte säker på att han skulle hinna lämna den före gryningen. Han kom fram till cykeln och lyfte upp den. Efter en kort granskande kunde han nöjt konstatera att den var i funktion: styrstången var i gott skick, kedjan och hjulen verkade vara oskadda... Han betraktade cykeln ett tag, därefter vägen framför sig. Med glädje tänkte han att denna enkla utrustning skulle kunna bära honom i minst fem- tio mil. Försäkrad om att det inte hade funnits någon i närheten satte han sig på den och började cykla. Han cyklade allt fortare. Men efter knappt tre minuter vände han sig om och riktade blicken mot den platsen han startade ifrån. Han tittade igen på den tomma och välvårdade gatan framför sig och sedan på startplatsen igen. På tre år har jag inte fortare passerat en så lång sträcka, tänkte han. Detta faktum gjorde honom så illa till mods att han nästan ramlade ner från cykeln. När han samlade sig tvärbromsade han och steg ner från den. Han gick långsamt tillbaka och lämnade cykeln där han hade hittat den. Han vände sig sakta om och gick långsamt därifrån. Då kände han sig lugnare. Då förstod Danilo att det var han själv som han svårast av allt och alla skulle övervinna på sin frihetsväg. För om han bara för ett ögonblick hade känt ett spontant behov av att hinna någonstans betydde det att ansvarskänslan fortfarande fanns i honom. Att den inre rösten ännu fanns i honom betydde inte bara en vana eller hans naturs sak utan också att den gamla rädslan inte helt försvunnit ur honom, att den inte fullständigt omvandlats till den nya. För hans ansvarskänsla var så förknippad med den gamla rädslan. Hans ansvarskänsla var också förknippad med hans kärlek för något som inte funnits länge. Den hade varit en återkommande ballast för honom i dessa tre långa år. Alla borde känna ansvar, men bara om alla kunde påverka saker och ting; eller om alla kunde känna något för saker och ting, brukade han tycka. Han trodde att det var omöjligt nu. Danilo ansåg att hans makt låg i ansvarslösheten.

I en timme har han legat med slutna ögon men inte somnat. Han vänder sig på ryggen och riktar blicken mot taket. Han har vandrat i tre år nu och tappat vana att göra något annat. Men det stör honom inte; det skulle störa honom att vara tvungen göra något. Hans kropp är däremot inte svag av syssolösheten, den är uthållig av flerårig vandring. Hans kropp är mager och senig. Men han tänker inte på sin kropp. Han tänker annat. Han är nöjd med att han kan sluta tänka när som helst när han precis påbörjat tänka på vad som helst. Han är nöjd med att han kan sluta göra något som han just påbörjat göra. Han är nöjd med att han kan plötsligt påbörja göra något som han inte alls tänkt göra och som han inte behöver avsluta. Han vänder huvudet mot dörren. Den är öppen. Julia sitter kanske i sitt rum och skriver. Oliver promenerar kanske fortfarande i skogen. Det finns inga knivar där. Danilo vet inte vad Julia och Oliver egentligen gör just nu. Han hör mjuka steg och vet att de är Julias. Hon går in i rummet och sätter sig på sängkanten. Hon småler inte som tidigare men hennes ansikte utstrålar en underlig glädje. Danilo vänder huvudet mot väggen och riktar blicken mot väggklockan. Klockan är tolv. Det är septembermånad, året 1995. Nej, det är oktobermånad 1995.

"Det är nog ettusentvåhundra dagar idag sedan min bror och jag flyttat hit", säger Julia och reser sig upp från sängkanten.

Danilo ligger på sin högra sida och betraktar henne. Hon har en ljusblå munkjacka och ett par träningsbyxor på sig, håller händerna i fickorna och går tvärs över rummet på ett manligt sätt. Hon är inte precis lång. Ja, hon är ganska kort, men har vacker figur, tänker han. "Det är en lång period", säger han därefter, "för att vara ständigt på en plats, åtminstone för mig"

"Det är kanske inte så stor skillnad mellan vandring och stillastående."

"Kanske... förresten sitter vi i samma rum nu", säger Danilo.

"Vad gjorde du under din vandringstid?"

Min vandringstid pågår fortfarande, tänker Danilo svara men gör inte det. Jag behöver inte vara så petig och förstöra hennes iver. "Att vandra betyder att inte göra något. Det är bara att gå", svarar han och känner svagt missnöje med det här samtalet.

"Okej", säger Julia ivrigt, "lyssna noga och hjälp mig nu. Dela det nämnda antalet dagar med fem!"

"Okej, jag har gjort det."

"Och hur mycket fick du?"

"Tvåhundrafyrtio."

"Exakt. Finn nu skillnaden mellan detta nummer och femhundra och sedan multiplicera resultatet med fem!"

"Ettusentrehundra om jag räknat rätt", svarar Danilo.

"Just nu har du räknat ut det antal dagar jag planerat stanna kvar här", säger Julia euforiskt viskande.

"Det är ganska långt kvar."

"Ja, det blir tre och ett halvt år kvar."

"Vad handlar det om, om man får fråga?"

"Utom Oliver vet ingen det men det är ingen stor hemlighet. Och nu vet du historiens första halva.

"Berätta för mig den andra halvan då."

"Det finns så mycket att berätta men det kan ändå berättas i några få ord", säger hon och sätter sig igen på sängkanten.

"Får man höra dem?"

"Jag skriver korta berättelser. Var femte dag kommer en ny. Det är allt."

"Jobbigt uppdrag, eller hur?"

"Ibland är det väldigt jobbigt, men det skänker mig ett stort nöje och, som är väldigt viktigt, allt går som planerat. Och planen är en samling av femhundra berättelser; en till två sidor långa, inte mer. Nästan hälften av jobbet är avslutat. Just nu har jag avslutat min tvåhundra fyrtionde historia och tro mig att tröttheten inte gör min glädje mindre. Sådan trötthet skulle ingen ha något emot... Har du försökt skriva något någon gång? Berätta!"

"En gång i tiden", svarar Danilo tankfullt och ler, "som gymnasie- och universitetsstuderande skrev jag poesi. Ibland tyckte jag att det var fina dikter. Till och med framför mina vänner, måste jag erkänna nu, bemödade jag mig skapa intryck om mig som en sann poet. Idag är det drygt fem år sedan jag skrivit något."

"Jag har aldrig givit ut något, men det här har jag avsikt för. Har ni haft möjlighet att publicera något?"

"Ytterst lite, bara två tre dikter i en lokal litterär tidskrift. Ärlig talat har jag aldrig sett mig som en poet, det var bara en ungdoms hänförelse."

"Oliver är mitt största stöd. Han är min personliga kritiker och det ger mig styrka att fortsätta. På kvällarna läser han det skrivna och på morgnarna lyssnar jag tålmodigt på hans intryck och omdöme. Visst ändrar jag aldrig det skrivna men utnyttjar hans anmärkningar i mina kommande historier. Han säger att hans skogspromenader och läsning av mina historier gör honom stabilare; och verkligen, så som dagarna och månaderna kommer och går tycks det mig att han mår bättre och bättre, att Oliver faktiskt blivit frisk. Vi har fått våra rutiner och därmed känner vi oss tryggare och tryggare."

"Det är trevligt att lyssna på dig", säger Danilo, och förväntar sig en respons från henne men hon reagerar inte alls på hans ord.

En kort och helt spontan paus uppstår. Julia tittar någonstans över honom, men inte i fjärran. Glädjen på hennes ansikte sitter kvar. Han iakttar henne och det tycks honom inte att hon är på något sätt frånvarande. Hennes ögon lyser och de är inte främmande för honom längre, kanske allt det okända som omger henne, men nu och här så nära honom är hon inte främmande. Det som förvirrar honom en smula är en, om än mjuk, diskrepans mellan innehållet i hennes berättande och den känslomässiga distansen i hennes röst. Han försöker föreställa sig hennes ansikte medan hon skriver men det går inte. Hur han än anstränger sig får han inte fram den bilden. Han ger upp.

I nästa stund ligger han med huvudet stött mot sin högra handflata och fortsätter betrakta henne. Hon låter honom göra det. Men det är bara en kort paus i deras samtal och Danilo avbryter den med en fråga: "Varför stannade du inte där och försökte skriva?"

"Jag precis som Oliver behövde vara ensam."

"Det tycks mig som om ni också var ensamma där."

"Vi var inte ensamma där, säger Julia, men vi kände oss ensamma. Här är vi ensamma men vi känner oss inte ensamma."

"Har ni inga nära släktingar?"

"Min mamma dog för tre år sedan."

"Och er far?"

"Oliver minns honom, jag gör inte det. Min far försvann helt enkelt innan jag hann komma i den åldern jag kunde vara i tillstånd att komma ihåg honom. Min mamma hade alltid undvikit nämna honom, och jag minns inte om jag någonsin frågat efter honom... Hans frånvaro har inte påverkat vårt materiella tillstånd... Tycker du att jag haft annorlunda uppväxt?"

"I alla fall har jag inte haft en sådan."

"Hur var den då?"

"Den största delen av mitt liv gick som det skulle, eller som det tycktes där och då att det skulle gå. Och det hade varit bra om det fortsatte vara så."

Efter att Danilo har svarat fortsätter Julia tala om sin mamma. "Sista två åren av sitt liv var min mamma blind", säger hon och berättar om den, sin mors blindhet. Att den inte kom oväntad. Att den hotade henne i åratal, och att hon och Oliver kände till det. "En morgon för fem år sedan vaknade jag och min bror och fick veta att vår mamma inte kunde se oss längre. Hon satt som vanligt vid köksbordet och informerade oss om att hon vaknat blind. Från första början var hon inte medveten om det, hon trodde att hon vaknat mitt i natten, att hon alltså inte kunde se på grund av mörkret. Men det tog henne inte så lång tid att förstå vad som hänt. Vi var mer rädda än hon." Julia berättar vidare att modern bad dem att inte oroa sig för hennes skull för hon hade förberett sig för denna dag under en lång tid. Förberedelserna bestod av att mäta avståndet till alla de platserna hon brukade vistas på eller besöka. Hon räknade steg och deras antal skrev hon ner i ett anteckningsblock. De nerskrivna stegantalen läste hon i omgångar och så småningom memorerade hon alla dem. "Alla dessa avstånd kvalificerade hon i två grupper. Den första gruppen bestod av alla de registrerade avstånden mellan hennes sovrum - som hon bestämt som alla sina rörelsens utgångspunkt - och alla de övriga rummen i huset. Det kan exempelvis nämnas att avståndet mellan hennes sovrum och köket var fjorton steg, här inräknade hon alla svängningar till vänster eller höger. Den andra gruppen bestod av alla avstånd mellan hennes sovrum och alla platser utanför hemmet." Julia säger vidare att beviset för hennes mors förberedelser inför blindheten var ett par svarta glasögon och en blindstav, vilka hon skaffat ett år tidigare. "Mamman bad också Oliver skaffa en hund, en ledarhund. (Just då hade han återhämtat sig från de skadorna han fick när han var knivstucken för andra gången, men forfarande hade inte fått ångestattacker). Hunden hette Cesar och var stor och svart. Under årets varmare dagar gick vår blinda mamma ut i långa promenader med Cesar. Hon lät inte oss följa med. Cesar gjorde att vi glömde att mamma var blind. Hon kände sig absolut säker i den beskyddande Cesars sällskap. Största delen av sin tid däremot tillbringande hon i sitt sovrum, som också blivit hennes vardagsrum. Där brukade hon lyssna på kassettböcker medan Cesar låg på golvet och drömde. Varje morgon vid frukosten läste vi tidningar för henne. Jag var 18 år då. Oliver var fyra år äldre än jag." Julia avslutar sitt berättande med att säga att deras mamma inte vaknade en dag, inte lång tid efter att hon hade blivit blind. Cesar dog kort tid därefter.

Danilo ger inga kommentarer.

"Var är dina föräldrar nu? Går det bra för dem? Tror de på din återvändo? Bad de dig om att stanna? Var det plågsamt att skiljas åt?", öser hon honom med frågor. Han börjar svara men plötsligt drar han henne till sig och ger henne en kyss. Hon tar emot den. "Tiden är för lunch", säger hon därefter och går. Han följer henne med blicken tills hon försvinner ur rummet.

"Hur skaffar ni maten?", hör hon hans röst.

"Det är väl ingen konst", hör han hennes röst.

Efter lunchen sitter Danilo på en gammal trästol utanför stugan och minns en av sina bästa vänner. Vännen hette Jordan. Danilos minnesbilder av honom strömmar bara in, fragmentariska och icke-kronologiska men hans hjärna skapar snabbt en fyraårig och oförglömlig historia av deras vänskap. Samtidigt iakttar han skogen omkring sig och fäster blicken vid en smal väg som förhoppningsvis leder till staden. Vad spelar det för roll vad den leder till? Ingen alls! Sedan återvänder han till stugan men stänger inte dörren efter sig. Julia har avslutat sin historia och han hoppas att hon somnat nu. Hon måste vara i en djup sömn nu, antar han. Från det lilla fyrkantiga förrummet kan han se Oliver, liggande på en liten sovbänk i köket. Egentligen ser han bara hans fötter i ovanligt tjocka strumpor. Han måste vara i en djup sömn nu, antar han. Han går in i sitt rum och letar efter sin tjocka men slitna mörkbruna skinnjacka, hittar den under sängen och klär den väldigt fort på sig. Han känner sig otålig och hans rörelser blir allt snabbare. I den varma jackans övre innerficka hittar han ett cigarettpaket. Med pekfingret försöker han hitta en cigarett i det. Det är tomt. Inga cigaretter! Han känner nästan panik och rör feberaktigt med fingret i paketet en gång till. "Nej, det finns en till", viskar han med lättnad för sig själv." Försiktigt, på tår, går han ut ur stugan, för ett ögonblick hämmar sin första impuls, sätter sig på samma plats igen och tänder cigarretten, tar några djupa bloss och kastar den på den fuktiga grönbruna skogsmarken. Han reser sig långsamt upp och trampar några gånger på den för säkerhets skull och till sist går beslutsamt mot den smala vägen han betraktat några minuter tidigare.

Nu går han på den sagoaktiga skogsvägen och lämnar de vajande ormbunkarna bakom sig. Det tycks som om Danilo väckt dem och nu vinkar dessa sömniga skogsväxter farväl till honom. Det är inte någon skymningstid men skogens mörker gör som om det är den. Härligt, tänker han i sitt försök att övertyga sig själv, nu kan jag gå resten av dagen och hela natten. Först tidigt på morgonen kommer jag att hitta en skaplig sovplats. Julia och Oliver, två tilltalande, gästvänliga och anspråkslösa människor, kommer in i hans tankar. "Jag måste göra så här", viskar han. "Lämnar jag dem inte nu då kanske får jag lust att stanna kvar för alltid. Ja, redan i morgon kommer de inte att minnas mig. Förresten intresserar det mig överhuvudtaget inte om de kommer att undra vad jag tagit vägen utan att säga tack och adjö. Jag kom oväntat och jag går på samma sätt". Han är fast övertygad om att han lämnar denna gömda och glömda plats för alltid. På likadant sätt har han gjort så oräkneliga gånger tidigare. Men det är också sällan någon plats han behållit sig på som han gjort på den här. Han vill tro att han upplever nästan samma känsla som när han lämnade allt för tre år sedan. Han tänker: När en människa bär en last går hon skyndsamt för att så fort som möjligt lämna den på destinationsplatsen och underlätta sitt tillstånd men jag känner mig befriad från alla bördor och går med långsamma steg igen. Jag känner mig befriad från alla minnen av den tiden jag var sårad. Det skönaste är att gå utan farväl! För övrigt var allt detta bara ett löjligt och harmlöst möte. Ett icke-minnesvärt möte! Plötsligt flyger en fågel iväg ur buskana bakom honom och vägen framför honom reser sig upp som om den vill nå den gråfärgade och ogenomskinliga himlen. Nästan i samma ögonblick försvinner både vägen och himlen och han hinner inte ens känna hur den smala vägen slår mot hans ansikte. Och det uppstår ett fullständigt mörker.

Två: och den förvirrade hunden

Att han säkerligen slagits medvetslös drar Danilo
slutsatsen först åtta timmar senare när han vaknat
för andra gången. När han vaknat för första gången
frågade han sig inte vad det var som hänt, för han
hade inte ens anat att något överhuvudtaget hänt. I
första början kunde han inte känna igen det
rummet han befann sig i. Så småningom kunde han
känna igen saker omkring sig men kunde inte sätta
dem i sitt sammanhang. Och när han äntligen
kände igen rummet trodde han att han vaknat efter
febern. Han försökte stiga upp men en skarp smärta
i huvudet kastade honom tillbaka i medvetslöst
tillstånd igen. Nu är han vaken för andra gången
och vet att något åtminstone måste ha hänt. Den
smärtande svullnaden i bakhuvudet förklarar
mycket om än inte tillräckligt. Han öppnar ögonen
och med blicken riktad mot vänster letar efter
väggklockan och ser den först när han vänder
blicken till höger. Nu uppfattar han att alla saker
som han hade sett efter att han vaknat första

gången roterat för hundraåttio grader. Det måste ju vara så, tänker han, jag har aldrig tidigare varit medvetslös och det verkar som om den här gången det hänt.

Julia går in i rummet och säger: "Det verkar som om du är tillbaka igen. Jag har varit här några gånger och du antigen sov tungt eller pratade i sömnen. Till och med kräktes du en gång."

"Jag förstår ingenting", säger han, "och förväntar mig en bra förklaring av dig och din bror."

"Du kommer inte att få en bra förklaring av mig; vi hittade dig helt enkelt liggande på skogsmarken, inte långt borta från stugan, och det är allt."

"Är det allt?"

"Ja, nu ska du få ytterligare en tablett mot huvudvärk. Och kom ihåg: för Oliver mådde du illa och bara svimmade. Och du minns ingenting."

Danilo gör inte heller det. "Jag gör inte heller det... men hur hittade du mig?"

"Får han för sig att du varit angripen", fortsätter hon att tala utan att svara på hans fråga, "då hamnar han i ett tillstånd som jag inte vill föreställa mig."

Danilo sover följande två timmar. Sedan vaknar han och fortsätter ligga vaken medan timmarna går och solen dyker upp eller försvinner bakom molnen som flyter högt upp över skogen. Efter fjorton timmar sitter han på stolen utanför stugan, utan att betrakta eller begrunda något bestämt. Det tycks honom som om han är återställd men känner sig fortfarande tryggare när han sitter.

Och han sitter. Samma minnen som igår.

Det är den sista förmiddagstimmen och Oliver kommer tillbaka från sin vanliga promenad, kommer fram till Danilo och småler. "Jag undrar om du orkar tala lite med mig?", frågar han anständigt och sätter sig ner på marken bredvid honom.

"Ja, det gör jag", svarar Danilo. "Varsågod!"

Oliver är tyst en liten stund och därnäst säger: "Hösten känns i luften, eller hur?"

"Ja, det gör den."

"Ni kan alltså det där, va?"

"Vad, att känna höstens lukt?"

"Nej, för det behövs ingen särskilt utvecklad luktsinne, tror jag. Jag tänkte på denna konst eller magi, hur man än kallar den."

Danilo kastar en vänlig blick mot honom och sedan riktar blicken mot träden framför sig. Han och Jordan var olika i många avseenden. Jordan var en riktig snille, den bästa studerande i sin generation, medan han var medelmåttig med avsevärt svagare ambitioner än vad Jordan hade men de kände absolut ingen förbehåll inför varandra och de umgicks utan att diskutera sina studieframgångar. Detsamma gällde pengar: när Jordan inte hade dem hade Danilo dem, och tvärtom. Danilo studerade juridik, Jordan fysik och de, som de flesta unga människorna, drömde om att förändra sitt hemland när de en dag blir färdiga med sina studier. Samtidigt trivdes de med sitt dåtida levnadssätt och ville inte att studietiden skulle ta slut så fort.

"Ja, jag kan väl lite av det," svarar Danilo på Olivers fråga, "men sällan använder jag mig av sådant, bara när det är nödvändigt."

"Var ligger knepet?"

"Det kan jag inte ge ordentligt svar på."

"Visa mig något av det!", säger Oliver med ivrig röst.

"Varför? Det är bara en illusion!"

"Snälla, jag är hemskt nyfiken", säger Oliver ännu ivrigare och tillägger: "Jag anser att man ibland behöver bli bedragen. Det är mindre farligt än att bedra sig själv."

Sedan kom olyckan. Och som alla olyckor kom den plötsligt. Det var en synvilla i form av en svart fågelflock som flög direkt mot hans ögon. Jordan fick nervsammanbrott och blev svårt själssjuk. Att <u>alla</u> måste dö en gång kan ses som en tröst, döden är oundviklig och det gäller allt och alla, men människan är inte nödvändigtvis dömd till en sådan sjukdom och händer det blir då tragedin större än att drabbas av döden.

"Okej", säger, Danilo, "var snäll nu och hämta åt mig de två kokta äggen. Där borta, knappt en meter från dig."

Oliver vill säga att det inte kan finnas några kokta ägg i närheten men just då ser han dem. "Verkligen, det är ägg", säger han och hämtar dem. "Hur kunde du till och med veta att de var kokta?"

"Det är oväsentligt. Låter du mig fortsätta?"

"Visst! Visst!"

"I så fall kolla vilket av dem är hårdast!" Oliver slår dem mot varandra men inget av dem spricker. "Vad är det för ägg?"

"Försök en gång till! I alla fall måste ett av dem vara hårdare."

"Titta, jag gör det en gång till och en gång till! Ingenting!"

"Konstigt, va?"

"Konstigt!"

I första början hoppades Danilo och alla andra som kände honom på att Jordan skulle återhämta sig; att med tiden skulle ynglingen själv skratta åt sina hallucinationer. Under de några veckors sjukhusvistelsen var han besökt av minst två, tre släktingar eller vänner varje dag. Han själv var så ofta på gott humor att det kändes som om allt snart skulle blir en glömd historia.

"Orkar du inte krossa ett ägg?"

"Det verkar så! Men vad är det för ägg egentligen?"

"Kasta dem", säger Danilo, "det är inga ägg, bara två alldeles vanliga vita stenar."

"Hur bar du dig åt? frågar Oliver skrattande och släpper två vita stenar ur handen. "Vad gjorde du egentligen?"

"Bara det du bad mig om."

"Men hur?"

Danilo är först tyst någon sekund. Jordans tillstånd blir däremot allt sämre. Sjukhusbesökarna blir allt färre och deras besök är allt glesare. Förutom de några få kommer inga fler på besök till slut. Danilo börjar inse att hans vän är förlorad för alltid men han fortsätter kämpa för hans dignitet med en påfallande naiv optimism. Ett litet spår av hoppfullhet ser han i Jordans önskan att klara sin sista examina. Han får inte tillåtelse att tillträda universitetets provrum och därför startar Danilo en kampanj för Jordans rättigheter. Han bokar till och med ett möte med rektorn, men hans vädjan till medkänsla blir inte hörd. Att hävda att ingen skada kommer att inträffa om en mentalsjuk får sin kandidatexamen blir inte accepterat.

"Jag ville bara att det skulle ske så", svarar han till Oliver.

"Vem lärde dig det?" frågar Julias bror.

"Ingen. Det kom av sig själv."

"I hur många år har du haft denna förmåga?"

"I lika många som jag vandrat. Och det var underligt för mig med. Idag inordnar jag däremot det i den kända regeln att varje ont bär med sig något gott. Ger man mig en bättre förklaring accepterar jag den."

"Alla skulle önska sig den här förmågan", säger Oliver. "Om jag kunde utföra det bara tre gånger i mitt liv! Eller åtminstone en gång, när det mest behövdes."

"Jag missbrukar inte det som jag kan", säger han, "med undantag när det visar sig nödvändigt, för att klara min existens."

"Jag måste erkänna att jag känner mig trygg med dig."

"Du är riktigt trevlig och vänlig."

"Jag är varken mer trevlig och vänlig eller otrevlig och ovänlig än någon annan".

"Jo."

Just den där dagen när han upprörd lämnade rektorskontor försvann Jordan. Sökandet efter honom gav inga resultat. Allt mer blev Danilo övertygad om att Jordan inte levde längre. Men en tanke uppstod i hans huvud då, vilket kommer att ha avgörande inflytande på hans liv några år senare när han bestämde sig till den eviga vandringen. Om Jordan hade valt döden genom försvinnandet då är det kanske inte någon död. Så tänkte han då. Så tänker han ibland nu.

Återstoden av dagen tillbringar Danilo ensam. Han varken gör något eller rör på sig. Men han vet inte hur det är att ha tråkigt. Han ligger bara en tid; en stund håller han ögonen slutna, sedan öppnar han dem. För bara ett ögonblick ställer han en fråga till sig själv: Vem var det som slog mig medvetslös? Men det är bara för ett ögonblick och denna fråga är ute ur världen. Han överlevde och allt annat kan bara vara ett onödigt besvär för hjärnan. Han vet att sådana som han inte kan ha fiender. Inte heller vänner. Det är sorgligt men så är det med honom nuförtiden. Det struntar han i. Det är en massa vägar framför honom - där den ena slutar fortsätter den andra. Han har kopplat alla sina vägar i en enda - den stora vägen - men inte berövat de andra deras. "Världen är trots allt stor och det finns plats för alla", viskar han. Att hans hår har vuxit ut lägger han märke till och stiger upp från sängen, hittar en sax på toaletten och klipper håret. Skägget klipper han också och sedan rakar sig. Han kastar en blick på sitt ansikte i spegeln. Nu ser han någorlunda yngre och skötsammare ut. "Jag tror att jag också ser snyggare ut", säger han högt och skämtsamt för sig själv.

Nästan hela dagen har han inte tagit kontakt med Julia, utom en kort stund under lunchen. Hon har också hållit sig förbehållsamt. Hon känner sig kanske sårad för att jag försökt lämna dem på ett så oanständigt sätt. Danilo tänker vidare: För henne var det rena flykten, för mig en naturlig handling. För henne var det kanske förolämpning, för mig kanske lättnad.

"Du har återställt dig rätt så bra", säger hon vid middagen. "Du orkar väl vandra vidare nu?"

Danilo orkar inte svara på Julias suggestiva fråga och undrar om Oliver inte ställt samma fråga vid lunchen.

"Vem vet om vi ses i morgon igen", tillägger hon.

Han känner faktiskt ingen sarkasm i hennes röst. Trots tonen i hennes uttalande misstänker Danilo att hennes ord ändå skulle kunna betyda slutet på hennes gästvänlighet. Eller så förväntas hon något svar av mig, tänker han. I alla fall kommer han inte heller med något svar på den här frågan. Allt jag säger kan vara bindande för mig, tänker han.

Oliver är tyst hela tiden, som om han inte finns där, men Danilo lägger märke till att han är på gott humör.

"Är det verkligen sant att du aldrig stannat någonstans längre än ett par dagar?" frågar Oliver plötsligt.

"Nej, det är faktiskt inte sant", svarar Danilo och kastar en blick mot Julia. "Det var i början av min vandringstid. Jag vet inte själv hur jag hamnat på en mottagningsplats för sådana som jag. Vi var många där och vi kom från hela världen. De som fick i uppdrag att ta hand om oss var faktiskt trevliga. Och vördnadsfulla, inget att invända, utom att de var för vördnadsfulla, så vördnadsfulla som om vi var barn. En stor del av oss fann sig väl tillrätta med det."

"Men inte du", säger Oliver.

"Men inte jag", bekräftar Danilo och fortsätter: "Alla vi hade tillfället att lära oss ett nytt språk, men att också repetera vissa grundläggande kunskaper."

Han gör en liten paus, småler och säger: "Våra värdar var hövliga. Om någon av oss exempelvis började skriva då brukade dessa vänliga människor komma fram och nästan hålla i den behövandes hand och styra den för att skriva bättre. Det störde mig och jag lämnade denna plats efter knappt en månad."

Oliver säger att historien låter väldigt lustigt - kanske lite överdrivet gällande scenen med handen - och kämpar mot att brista ut i skratt.

Det är en ny dag nu och vid samma tid som igår sätter sig Danilo på samma stol utanför stugan. Han mår utmärkt, tittar någonstans mot det obestämda och utsätter inte sin hjärna det minsta för något mödosamt tänkande, utan bara sitter och sitter, och känner lukten av de ruttna lövens dunst. Och vid samma tid som igår återvänder Oliver från sin regelbundna skogspromenad. Och med samma leende som igår närmar han sig till Danilo och med samma anständighet som igår ber om ett litet samtal och sätter sig på marken bredvid honom.

"Det är samma väder som igår", säger han, "och det luktar hösten som igår."

"Ja, allt upprepas."

"Från igår finns du oavbrutet i mina tankar."

"Det skulle vara bättre att du ägnat dina tankar åt något annat", säger Danilo, "men tack i alla fall."

"Det är första gången jag träffat någon som du".

"Med hänsyn till ditt sociala liv under de sista tre åren borde det inte vara så konstigt."

"Jag menar alldeles allvarligt."

"Okej, då tar jag emot din anmärkning med fullt allvar."

"Det känns som att du är en person man kan lita på."

"Då är det bra, för dig och för mig."

"Det betyder ingenting för dig, eller hur?"

Danilo gör en grymmas som signalerar att han inte vet vilket svar han föredrar ge.

"Jag pratar om faran. Jag pratar om rädslan", säger Oliver.

"Risken för faran finns alltid. Frågan är i vilken grad är den påtaglig. Rädslan finns i alla. Frågan är om vi kan leva med det, handskas med det."

"Du är ärlig", säger Oliver, "men var inte orolig, dina ord sårar inte mig. Julia talade på samma sätt med mig en gång i tiden."

"Min avsikt var att avdramatisera vårt samtal".

"Jag tänker gå rak på sak!" säger Oliver och skär luften med sin vänstra handflata.

"Så ska man göra", säger Danilo och ler.

"Jag vill säga... du ska veta... för mig är rädslan alltid befogad, till och med när man invänder att min rädsla... rädslan jag känner är bara min fantasis produkt."

Danilo nickar långsamt.

"Nej, du förstår inte mig. Du tar fel person på allvar."

"Vad menar du med det, Oliver?"

Oliver förklarar inte vad han menar med det, utan säger: "Ibland vill jag försvinna."

"Och ändå finnas till, eller hur?"

"Exakt!"

”Tro inte att det bara är du som vill ha det så”, säger Danilo, mer för sig själv.

”Försvinner jag då försvinner rädslan.”

”Då är det här den rätta platsen för dig, vågar jag säga.”

”Kanske, men något måste hända! Det är nödvändigt!”

”Det är förtidigt, min vän”, säger Danilo, igen mer för sig själv. ”Önska bara det!”

Jag vet inte om jag förstår honom, tänker Danilo. Vi avser olika saker: Oliver har trasslat sig in i de lokala, jag har mot min egen vilja kastats i de globala... ha ha ha. Dessutom kan jag fortfarande nästan ingenting om det globala. Det finns gott om tid kvar för mig att börja lära mig.

”Gärna, men vad?” frågar han därefter.

”Det måste finnas något!”

”Oliver, jag är apatrid.”

”Vad? Vad är det för något?”

”Apatrid är en person utan medborgarskap. En statslös person. Jag är inte någon apatrid i ordets rätta bemärkelse, jag har bestämt mig att bli som en sådan och mer än bara så. Jag vill inte vara aktiv på något sätt. Jag vill varken påverka eller vara påverkad."

"Jag skulle gärna vilja göra det, påverka."

"Påverka? Och jag förstår inte hur du kan förvänta dig något sådant i den här isoleringen."

Där avslutas samtalet. De går långsamt in i stugan.

"Nu går jag ut och tar en promenad", säger Danilo efter lunchen. Han kan se att Julia är på bättre humör än igår, att hon är barfota, iklädd bara korta byxor och en kortärmad skjorta. Hon säger att hon gärna skulle vilja följa med, men just nu har starkt behov av att anteckna något, att skrividéer bara strömmar in.

Oliver kastar en snabb blick mot sin lillasyster.

"Kan du vara snäll och komma tillbaka om en halv timme? Jag skulle vilja prata med dig."

Danilo står vid dörren och svarar: "Det kan jag, Julia." Hon är så spontan, tänker han.

Danilo har sovit mest av sin tid här ändå tycks det honom som om hans dagar här blivit längre. Hans dagar här har inte varit längre på grund av tristessen. Han vet vad som dagarna inte gör längre. Men han vet inte vad som gör dem längre. När han för några dagar sedan gick den här vägen med avsikt att aldrig komma tillbaka ville han egentligen få förhinder. Om han inte kunde erkänna det för sig själv då kan han göra det nu, åtminstone för ett ögonblick. Danilo går långsamt i skogen med Julias bild i sina tankar... Om jag inte blivit slagen medvetslös är jag inte säker om jag inte kommit tillbaka, tänker han medan han går tillbaka till stugan.

Efter en halv timme är han tillbaka. Han går in i sitt rum. Julia ligger i hans säng. Hon ler och han förstår att hon är naken under täcket. Han står bredvid sängen och väntar tålmodigt på att hon säger något.

”Vi måste vara tysta, säger hon, ”annars väcker vi Oliver.”

Danilo lägger sig tätt intill henne. Hennes kropp är varm, och hennes ögon lyser ovanligt starkt. Kort efteråt stiger hon upp ur sängen, klär fort på sig och utan ett enda ord lämnar rummet. Tidigt på morgonen nästa dag är hon igen i hans säng. Danilo är vaken. Han somnade tidigt igår kväll.

”Hur länge tänker du stanna kvar?” frågar hon.

"Jag kan gå på en gång", svarar han småleende, "om så behövs."

"Jag menade inte så, jag frågar av oro; jag darrar i hela kroppen av tanken att du inte kommer att vara här om någon dag."

"Vad ska jag säga nu?"

"Säg bara när du tänker lämna oss."

"Om en dag eller två, jag vet inte."

"Och endag till."

"Hur så?"

"Lova att du stannar en dag längre än du planerat."

"Men jag har inte beslutat fast vilken dag jag ger mig av."

"Bestäm dig då och lägg en dag till!"

"Okej, låt det vara vilken dag som helst plus en dag till."

Det går ytterligare två dagar. Danilo trivs i syskonens sällskap, men tycker inte om den ordning som finns i hemmet. Oliver strövar i skogen på förmiddagarna, sover på eftermiddagarna, läser sin sisters historier på kvällarna; var femte dag, som det Julia säger, ligger hennes nya historia på skrivbordet. Hon tillbringar sin tid i sitt rum både på för- och eftermiddagarna, nätterna tillbringar hon i Danilos rum. Danilo sitter utanför huset fram till lunchen, strövar på eftermiddagarna, nätterna tillbringar han med Julia. Hon finns i hans tankar hela tiden och det känns bra.

"Är du beredd för en förmiddagspromenad, Danilo?" frågar Oliver.

"Visst är jag det", svarar han till Julias storebror.

Nu stegar de på den smala väg som leder till staden, som kanske leder till staden. Sedan viker de av denna väg och går djupare in i den sömniga skogen.

"Har Julia berättat om vår mamma och pappa för dig?"

Danilo tiger.

"Hon har väl berättat något?"

"Ja, er mamma blev blind och sedan dog hon."

"Att min mors död var en svår upplevelse för oss kräver ingen särskild förklaring, men jag tänker på något riktigt hemskt som hänt innan vi kom hit.

Något som i själva verket lett till hennes död. Något som påskyndat hennes död."

"Din syster har inte nämt det."

"Det kan jag förstå, för det var en chock för henne. Att se sin far för första gången efter så många år i ett sådant tillstånd var hemskt! Jag var sex år när fadern lämnade oss. Min syster mindes inte honom, hon hade bara ett par fotografier att se. Bara två foton var det enda som gjorde att hon kunde skapa sig en bild av honom. Varför lämnade han oss? Det vet jag inte. Varför kom han tillbaka efter nästan femton år? Det vet jag inte heller. Men han kom tillbaka. Helt oväntat kom han! Och det borde han inte ha gjort. Vid den tidpunkten var Julia och jag ute. Om vi inte hade glömt låsa dörren skulle säkerligen ingenting av detta ha hänt. Mamman befann sig som vanligt i sitt sovrum medan Cesar låg sömnig på golvet vid hennes säng. Cesar!"

"Du ska väl inte säga det som jag förutsätter du kommer att säga?"

"Just det," bekräftar Oliver och torkar långsamt glasögonen och fortsätter titta ner efter att han satt dem på sig igen.

"Vilken hemsk händelse!" konstaterar Danilo stegande allt långsammare. "Så otroligt och så tragiskt! Jag blir mållös."

"Ödets ironi! Att avsluta sitt liv i huset vars ägare han en gång i tiden varit och bli sliten isär av husdjurets käkar kan inte beskrivas på något annat sätt!" säger Oliver, sätter händerna i kors och fortsätter titta ner mot skogsmarken.

Danilo nickar.

"Julia kom hem ett par minuter före mig..."

Danilo nickar och säger: "Stackars Julia."

"Ja, jag tycker att det är onödigt att beskriva vad hon upplevt då.

Nästa dag vaknar Danilo tidigt, övertygad om att det är hans sista dag i Julias och Olivers hem. Jag hör definitivt inte hemma här, säger han för sig själv och går till toaletten, duschar och borstar tänderna. Sedan går han tillbaka till rummet och sätter sig på sängen. Och sitter där en stund. En enda gång har jag inte varit i Julias rum, tänker han. Danilo minns hur hon häromdagen sagt att Oliver anser att det bästa skulle vara att ingen gör det. Han minns att han undrade om Olivers uttalande var ironiskt eller hade ett mer allvarligt budskap. Han minns att han inte kunde avgöra detta. Han minns att han inte heller frågade henne om detta. Vad menade hon med det? Vad menade han med det? undrar han. För ett ögonblick tänker han gå in i hennes rum medan hon sover men avstår denna tanke. Julia sover säkerligen nu, avkopplat, på ryggen, med händerna vilande ovanpå huvudet. Visst tycks hon honom ovanligt vacker, tilldragande, älskvärd och det känns alldeles naturligt att vara tillsammans med en person som hon: en person som har hittat sig själv. Men jag måste ge mig av! Vad skulle jag göra här om jag stannar? Vad skulle det betyda att stanna kvar här? Är det mitt försvinnandes plats? Finns det en sådan överhuvudtaget? Betyder det inte: att försvinna är som att vara överallt och ingenstans? Han lägger sig på ryggen och tittar mot fönstret. Löven och tiden står stilla. Hon har sitt rum. Jag har inte varit där. I detta rum skriver hon sina historier. Tror hon att hon inte finns för andra när hon gör det? Skriver. Tror hon att hon försvunnit i alla dessa år sedan det hemska hänt; i alla dessa år som hon skrivit; och kommer att skriva? Löven och tiden står stilla. Och jag, hur blir det med mig då? undrar han. Skulle jag ställa en sådan fråga om jag hade varit förälskad? Nej, jag är inte kär i henne! Jag måste lämna denna plats för gott! Redan idag! Jag har bestämt mig och så kommer det att bli!

"Varför är du så svettig?"

"Jag visste inte att du varit vaken", säger han till henne, skrämd.

"Varför är du så svettig?" frågar hon igen härmande Rödluvan när hon frågar den till mormor utklädde vargen

"Jag är inte svettig, jag har precis duschat", svarar han.

"Säg: För att jag vill se attraktiv ut."

"För att jag vill se attraktiv ut", säger han med den utklädde vargens röst.

"Bra!"

"Ska vi förflytta oss till ditt rum? Vad säger du om det?"

Genom den glesare skogsdelen söker sig en stark solstråle, bestämt slår igenom den lilla fönsterrutan och faller ner på brädgolvet rakt mellan dem två och på så sätt skapar en teaterliknande stämning i rummet.

"Varför Oliver bad mig om detta, vet jag inte, men jag har lovat honom att ingen kommer att gå in i mitt rum. Och ett löfte är ett löfte."

"Okej, jag måste prata med honom om detta idag. Allt detta låter så barnsligt. Oliver kan inte få mig att tro något annat."

"Då kan du läsa mina berättelser!"

"Alla, jag vill läsa dem alla!"

"Det skulle inte ta så himla lång tid".

"Vad händer om jag läser bara en om dagen?"

"Jag vågar inte ha sådana förhoppningar", säger Julia och solstrålen försvinner.

Efter lunchen kommer Danilo in i hennes rum.

"Du lämnar oss idag, Danilo, eller hur?" frågade Oliver honom i förmiddags innan han tog sin oundvikliga promenad.

"Ja, det gör jag utan tvekan... men skulle du ha något emot om jag besöker Julia i hennes rum och tar farväl?"

"Det är inte jag som bestämmer det. Det är inte jag som kan förbjuda något. Jag rekommenderar bara inte det."

"Jag vet och tar allt ansvar på mig själv", säger Danilo ironiskt".

Först ser han inget ovanligt i rummet. Det är väldigt sparsamt möblerat: en soffa, ett grönt skrivbord, två svartfärgade stolar, en tom svartgrön bokhylla och ingenting mer. Till höger om honom kan han därefter se en mindre öppenspis. Inne i spisen kan han vidare se något som måste vara en hammare. En tom bokhylla?! En hammare?! undrar Danilo några sekunder efter att han observerat det och kastar blicken mot fönstret där han ser hur en orörlig ekorre stirrar intensivt mot honom. Julia sitter vid skrivbordet. Håret är kammat tillbaka och hon har glasögon på sig. Hon ser sömnig ut. Till vänster om henne ligger en vit handväska på golvet. På bordet ligger ett rätt tjockt anteckningsblock i rött skinnomslag. Han ser ingen skrivmaskin. Inte heller någon penna.

Hon säger blygsamt: "Välkommen, Danilo! Vad roligt att du äntligen kommit hit!"

"Tack! Det tycker jag med", säger han och tänker tillägga att det är första gången han ser en ekorre fastän han varit här i några dagar; men han gör inte det.

"Vill du inte läsa mina historier?" frågar hon och lyfter upp anteckningsblocket med båda händerna och sträcker det mot honom.

"Absolut! Efteråt kan du läsa dem för mig. Att lyssna på dig tycker jag om." Danilo slår upp anteckningsblocket och hittar en smal ljusgrön penna i det. Han vänder långsamt första bladet eftersom det är textlöst. På det andra bladet står det handskrivet: Berättelsen nummer 1. Han förmodar att den börjar på nästa sida och vänder ett blad till. Där står: Berättelsen nummer 2. Och på nästa sida står det: Berättelsen nummer 3. På måfå vänder han några blad till. Inget. Bara tomma sidor. Han vågar inte lyfta blicken från blocket och titta på henne.

"Vad säger du nu?"

Ekorren försvinner snabbt bakom träden.

"Imponerande", svarar Danilo utan att titta på henne och lägger tvekande anteckningsblocket på skrivbordet. "Du måste läsa en av dem för mig en gång." Han samlar all sin kraft och ser henne rakt i ögonen. Nu kan han inte se att den lilla ekorren kommit tillbaka igen. Nu kan han inte se spänning i det lekfulla djurets ögon.

"Ska jag göra det på en gång?" frågar hon ivrigt, "Går det bra att börja med Berättelsen nummer 13?"

"Nej då, börja från den första och läs så länge du orkar", säger han och sätter sig på stolen mitt emot henne.

"Jag känner mig så trött ", säger Julia långsamt lutande över bordet och slocknar i samma stund.

Danilo reser sig upp och kommer fram till henne. Han kysser henne på pannan och sedan på kinderna. "Sov gott", viskar han i hennes öra och sätter sig igen på stolen.

Löven och tiden står stilla. Ekorren har försvunnit igen.

Nu sover hon lutad över bordet och han sitter och väntar på att hon ska vakna. Och när hon vaknat kommer han inte att lämna henne. Hur lång tid det kommer att ta vet han inte, men han stannar så länge det behövs.

"Och en dag till", viskar han för sig själv.

Eller: nu sover hon lutad över bordet och han sitter och väntar på att hon ska vakna. Och när hon vaknat kommer han att lämna henne. Hur lång tid det kommer att ta vet han inte, men han ger sig av så fort som möjligt.

"Och en dag till", viskar han för sig själv.

Om författaren

Predrag Mihajlović (född i fd. Jugoslavien) har bott i Sverige sedan 1992. Han är jurist, litteraturvetare och lärare. I sista arton år har Mihajlović jobbat som lärare. På fritiden ägnar han sig åt skönlitterärt skrivande.

2017 debuterade han med långnovellen *Apatriden och den förvirrade hunden* som skrevs 1995. Novellen finns översatt till engelska (*The Apatride and The Confused Dog*) och serbiska (*Apatrid i zbunjeni pas*).

Samma år kom hans kortroman *Skuggor och eldflugor* ut. Den finns också i serbisk översättning (*Sjene i svici*).

Novellsamlingen *Stella Canis och andra noveller* (engelsk översätt. *Stella Canis and Other Short Stories*) kom ut 2019.

Långnovellen *Glömskans fantomsmärta* kom ut 2020.

Nu är alla hans noveller och långnoveller samlade i en bok under titeln *Novellsamling*.